天の川銀河発電所

Born after 1968

現代俳句ガイドブック

佐藤文香 編著

左右社

天の川銀河発電所

Born after 1968　現代俳句ガイドブック

目次

まえがき 006
なりたち 008

I おもしろい

A
福田若之 010
生駒大祐 016
北大路翼 022
阪西敦子 028
鴇田智哉 034
高山れおな 040

読み解き実況 上田信治×佐藤文香 014・020・026・032・038・044

B
小津夜景 046
相沢文子 048
宮本佳世乃 050
小川春休 052
西山ゆりこ 054
トオイダイスケ 056
小川楓子 058
野口る理 060
中山奈々 062
村越敦 064
黒岩徳将 066
宮﨑莉々香 068
各作家紹介 070

II かっこいい

A

堀下翔 078
藤田哲史 084
藤井あかり 090
髙柳克弘 096
村上鞆彦 102
榮猿丸 108

読み解き実況 小川軽舟×佐藤文香 082・088・094・100・106・112

B

五島高資 114
九堂夜想 116
田中亜美 118
中村安伸 120
曾根毅 122
堀本裕樹 124
岡田一実 126
十亀わら 128
鎌田俊 130
矢口晃 132
三村凌霄 134
大塚凱 136
各作家紹介 138

III

かわいい

A

小野あらた　146
外山一機　152
西村麒麟　158
田島健一　164
関悦史　170
津川絵理子　176

読み解き実況　山田耕司×佐藤文香　150・156・162・168・174・180

B

日隈恵里　182
長嶋有　184
矢野玲奈　186
髙勢祥子　188
津久井健之　190
澤田和弥　192
南十二国　194
佐藤智子　196
神野紗希　198
越智友亮　200
今泉礼奈　202
山岸冬草　204
各作家紹介　206

コラム　どうして季語はすごいのか　076
コラム　5・7・5はリズム感　144
対談　阪西敦子×佐藤文香　俳句とやっていく　212
佐藤文香　自選句　216
天の川銀河発電所　収録作家分布図　222
公募作家選考過程　215
あとがき　220

まえがき

俳句の世界へようこそ。

今、俳句を読んでみるという選択は、アリだと思います。

しかし俳句は、「文学が好き」という人がそのまま読んで面白いと感じられるとは限りません。俳句に〈私〉はいなくてもよく、気持ちが書かれているとも限らないし、読み物に期待するストーリーがないことも多いからです。しかも、短い日本語で書かれているくせに、簡単じゃない。仮名遣いや言葉遣いで古くからのやり方を選ぶ人もたくさんいて、仕掛けである「切れ」や魔法のような「季語」があって、その仕掛けや魔法自体の凄さを見せ合ったりするんです。

でも、だから俳句は俳句をやってる人にしかわからない、そうでしょうか。そのジャンルについて全然知らなくても、本当に面白いものに出会えば、興奮しませんか。願わくはこの本で、今のあなたにとって最高の一句に出会ってほしい。

そこで本書は、「現代俳句ガイドブック」としました。今、私たち比較的若い俳句作家が面白いと思う作品が、このジャンルのなかでどう面白いか、どう新しいかを、ふだん俳句を書かない人にもわかるように紹介しようと努めたものです。この短さで、これだけの多様性が生まれるのか！ と思っていただけるだけでも嬉しいです。

私たちは、内容と書き方の両面から俳句を考えています。その一回性と固有性が、かけがえのないものです。ときには先人の作品世界を踏まえて、新しい世界を構築します。単に笑えてしまうことこそが新しい場合もあります。

あなたがもう俳句を面白いと感じているなら、すでに知っている句もあるかもしれませんが、この本でその俳句やその作者の、新しい面白さが見つかるといいなと思います。

海を出てゆく朝日のきわを見るように、枇杷の葉の擦れる音を聴くように、俳句を感じてもらえないでしょうか。細かすぎる話やどうでもよさには、ウケてください。高度な言葉の技術には、大きな拍手をお願いします。

そして、これから追いかけたい作家を見つけてください。

俳句を、よろしくお願いします。

なりたち

まず、一九六八年以降生まれに該当する作家の近作や代表作を読み、この人と思う方に、自選200句をお送りくださるよう依頼しました（すでに句集を出版されている方はその限りではありません）。また、公募枠を設け、多くの方に自選200句をお送りいただきました（公募の選考については215ページをご覧ください）。「その人にしか書けないか」「俳句でしか書けないか」「作品としての完成度」、主にこの三点をもとに、依頼作家、公募作家の俳句を選びました。依頼作家のなかで、特に今が旬だと思われる18名についてはAグループとして81句（上段27句、下段54句）、公募作家を含む36名はBグループとして39句（上段13句、下段26句）を掲載。上段には特に読んでいただきたい作品を配し、下段に資料的に作品を補足しました。配列は制作順ではなく、どこかの季節からの季節順です（既刊句集がある方は句集ごとに季節順）。無季の句が多い方、途中で作風や仮名遣いが変わった方などは、さらに工夫して配列しました（出典として記載するのは個人句集にとどめ、雑誌や別のアンソロジーに掲載された句の初出の記載は割愛しました）。また、難読漢字にはルビを振りました（基本は現代仮名遣いでルビを施しましたが、歴史的仮名遣いをご希望の作家についてはそれに従いました）。

今まで俳句を読んだことのない読者に興味を持ってもらえるよう、章立ては【おもしろい】【かっこいい】【かわいい】と決め、54名全員の選句後の作品を見て、それぞれの章に18名（Aグループ6名、Bグループ12名）ずつ振り分けました。Aグループの作家について、【おもしろい】では上田信治さん、【かっこいい】では小川軽舟さん、【かわいい】では山田耕司さんをお迎えし、読み解き実況を行いました。お三方とも一九六八年以前生まれの、私が信頼している俳句作家です（プロフィールは223ページをご覧ください）。Bグループの作家には、私が短い紹介文を書かせていただきました。また、章立てや紹介文だけでは、作者像を一面からしか把握できないと思い、物故の著名俳人を含めた収録作家分布図を作成しました。俳句のリズムや季語についての私の考えをコラムとし、俳句作家の生活や考えていることの例をお見せするため、阪西敦子さんに対談をお願いしました。

それでは、お楽しみください。

I

おもしろい

福田若之

てざわりがあじさいをばらばらに知る

感情がほたるぶくろのなかをみたす

ながればしそれをながびかせることば

なんという霧にまかれていて思う

焚き火からせせらぎがする微かにだ

春はすぐそこだけどパスワードが違う

ふくだ・わかゆき　一九九一年、東京都生まれ。二〇一四年よりウェブマガジン「週刊俳句」（https://weekly-haiku.blogspot.com）運営。「群青」、「オルガン」の二誌で同人として活動中。共著に『俳コレ』。

歩き出す仔猫あらゆる知へ向けて

騙されながら風船に手を伸ばす

岬で終わり繰りかえす春の夢

子どもたちが幾何学をする初夏の路地

ペンが梅雨の闇のすこしを紙に返す

蜘蛛は軽いね論理から飛び降りて

箱庭の作者が映り込む水面

冷やし中華食べて仲間のいない昼

低予算映画のような浜を蟹

足跡のたび灼ける足海を去る

父かと思う花火中止の放送を

僕のほかに腐るものなく西日の部屋

助詞に似てみつばちは野に飛び交うとき

ヒヤシンスしあわせがどうしても要る

さくら、ひら　つながりのよわいぼくたち

広い田に引用されてゆく早苗

不思議川と呼んでいた川ガと濁る

原稿の一マスに身をおさめる蛾

ペン先が蛾に行き当たる蛾が浮かぶ

夕焼けを泣いて都会の子に戻る

待宵草光の掃き溜めに暮らす

君はセカイの外へ帰省し無色の街

雲は地球の回る速さで去りゆく夏

キオスクが夏の記憶で今もある

九月は一気に青空だから（うつむく）

恋愛が模型の丘に置いてある

秋の雨あたまふたつのちかづくとき

じゃあね秋低空をヨドバシの歌

トンネルの壁に数式冬が来る

あばら感じる朝の飲み物冬の雨

ラ・トゥールの火だささやかで凍てつく火

夜景どこかにつめたいねじが落ちている

真っ白な息して君は今日も耳栓が抜けないと言う

蛾に染みる熱書きながら目をつぶる

書く夜はみなとのように蛾に灯す

何も書かなければここに蚊もいない

夏草や　　　　の跡↑消しゴムで消した跡

完全に菊で余韻に欠けている

明け暮れを喪の秋の仮縫いとする

過去の視野冬のかもめの群れてゆくは

霞たなびくのりしろがあり糊がない

わすれなぐさいつもゆく道その落書き

チュッパチャプスなめらかに夏は近づく

猫ですしじゃあ何でちまき食ってんのって話だわな

泉少しどもる少し話したいんだと言う

ハンカチと呼べばそう詩と呼べばそう

意味の彼方は常夏だろうわずかな島

さっき雨脚をぜんぶ自分で捥いでかなぐり捨てた虹だ

これも虹ここ↓〇突き破ってよ指で

蛍らら口をむすんでひらく君

蛍追う君のミサイルめく笑顔

君・蛍・パースペクティブが崩れる

還る時代もなく手花火を燃やしている

薄らいで銀河は少なからず過去

空っぽにむきだしの電流が咲く

水へ春けんけんぱそのとどめのぱ

春の鴨かがやいているあまりにも

うなずくからどんなに遠い滝だろう

名が鳥を仏法僧にして発たす

虹を看取るプールを洗いはじめながら

知らない星にいつか咲く苔こんなふうに

少し物、言いたげにかまきりの首

かまきりを地に置く植字とは違う

声なくずっとかまきりは声なくずっと

木枯らしが孵化し火山帯を進む

大みそか人工衛星が見える

初詣に行こうよぶっ飛んで、行こう

雪だ詩のやがては融けてゆく歴史

詩が二月僕たちをとうとう閉め出す

ふきのとうロボットに生まれなかった

はまぐりを読みものとして二度啜る

細胞からなる身落第し名を記す

落第という語がついに身にそぐう

目に映る春にその目は欠けている

もう期待されないかろやかなひばり

読み解き実況

上田信治×佐藤文香

暴れる言葉の、自由の感触

福田若之編

佐藤　福田さんは現代思想を踏まえながらキャッチー。ベタさみたいなのを、どう言葉で面白く書くか。内容は青春とか懐かしさなことも多いのに、書き方で見せてる。

上田　俳句の外を知ってる書き手だよね。

佐藤　**〈てざわりがあじさいをばらばらに知る〉**っていうのはすごいですよね。「てざわり」っていうのはもう手ではなくて、触っている感覚を表す言葉なので、手が知るんじゃなくて、それよりももう一歩外側みたいな言葉で知っている。

上田　面白いね。世界と自分のインターフェイスに「あじさい」が立ち現れるってことだ。

佐藤　しかも、「てざわりが知る」というフレーズのなかに「あじさいをばらばらに」が挿入されるかたちのつくりになっていて、自分のてざわりの断片が総合的に紫陽花になるっていうふうに、紫陽花というものを理解していくっていう過程が書かれている。

上田　僕が一句、どうしても言いたいのは**〈ヒヤシンスしあわせがどうしても要る〉**。これは尊いとしか言いようがない句で、東日本大震災の直後といっていい時期に「週刊俳句」（二〇一一年四月十七日号）に発表されたんです。あのとき、ものを書く人は、どれだけ本当のことを書くか、あるいは書かないのかってことを突きつけられたと思う。でも俳句でこれだけのものを書けた人って、ほとんどいなかったんだよね。これはほんと、才能とか腕力というもので、それだけ書く力があるし、ナイーブな言い方になるけど「本当さ」がある。地震と離れて読んでも、切実だし、声みたいなものが伝わるでしょう？

佐藤　この句も、「しあわせが要る」に「どうしても」をどうしても入れなきゃいけない。「どうしてもしあわせが要るヒヤシンス」じゃ全然だめですよね。

上田　5音の「どうしても」が、ここに入ることで突き上げてくるものがあるよね。〈チューリップ喜びだけを持つてゐる〉という細見綾子の句があるけど、福田くんはどっかで意識はしたかな。

佐藤　さっき腕力って信治さんは言ったけど、引力、というか俳句の一番外にいるから、一番力はたくさんかかるっていうか。惑星のなかでも遠いもののような。どうしても俳句じゃなきゃいけないんだけど、一番外側を回っているようなところがありますよね。

上田　「なぜ俳句か」を、一番強く問われながら書いてるってことかな。そういう書き手って、御中虫さん、関悦史さん、小津夜景さんなどがいて、ある意味、他ジャンルの文物がその人を動かしている作家でもある。福田くんは「書くこと」についての句が多くなっていて、そのへん彼の現代思想好きと関わりがあるかもしれないけど、どこまでの成果を生むか。単純に、生の現実が遠くなっちゃいはしないかという心配は感じる。すごい好きな句があってさ、**〈猫ですしじゃあ何でちまき食ってんのって話だわな〉**。これ、どういう場面か全然分からないけど（笑）、北大路翼さんの句と同じくらい現場感があるでしょ。既成の俳句の言葉で捉えきれない「今を生きてるかんじ」とか現実感というものがあって、それを持ち込むために福田さんは彼の文体で書いてるんだと思う。

佐藤　「じゃあ何でちまき食ってんのって話だわな」っていうところで、普通の俳句の音数のなかに、普段四分音符の音符が、八分音符十六分音符になって、ちゃんと収まるようなリズム感もある。

上田　上下で話しぶりが違うことで切れを作ってて、口語俳句は切れが発明できたら成功だし、落語みたいで面白いよね。この人はみんなに若ちゃん若くんと言われて、青春小僧のような扱いを受けることにはいい加減反発を感じる年だろうけど、やっぱり、青春性を感じさせる句が、特によく歌えているんじゃないかな。

佐藤　現実でぐっと胸にきた気持ちを、言葉でシーンを構成することで読者に到達させようとしている気がする。**〈君はセカイの外へ帰省し無色の街〉**であるとか。

上田　現実には、こんなふうにかっこよく言葉を吐ける主人公なんていないかもしれないし、そんな「君」が実在するかどうか知らないけど、福田くんは俳句の言葉でそれになれてしまう。あるいは、そんな彼らを見せてくれる。そこには本当に解放とか自由があって、そのよろこびが伝わるじゃないですか。この人の言葉が暴れるとき、自由の感触が生まれる。それが素晴らしい。こんなに読んでスッとする人は、なかなかいないですよ。

生駒大祐

五月来る甍づたひに靴を手に
色だらうあるいは暗い立葵
空すでに夕立の態度文を書く
蛭泳ぐ自在に蛭を司り
はんざきの水に二階のありにけり
老鶯の思ふが儘に吾動く

いこま・だいすけ　一九八七年、三重県生まれ。二〇一五年、天為新人賞。二〇一三年、第三回攝津幸彦記念賞。「天為」同人。「オルガン」所属。共著に『虚子に学ぶ俳句365日』。

梅の実や空だしぬけに朝の色
心中のまづは片恋たちあふひ
六月に生まれて鈴をよく拾ふ
化猫の人声つかふ半夏生
夏の木の感情空にただよへり
舟にゐてとほくに夏の舟があり
天瓜粉身より瀬音の響きけり
列車の灯糸引きて去る緑雨かな
流されて靴うしなへる氷旗
雲を押す風見えてゐる網戸かな
風鈴の短冊に川流れをり
紫蘇摘んでとはに生家の青畳

憧れて秋となる夏鳩時計
天の川星踏み鳴らしつつ渡る
秋深む充実の緋を身にまとひ
柿の上に土なめらかや不幸せ
輪の如き一日が過ぎ烏瓜
鳴るごとく冬きたりなば水少し
たそかれは暖簾の如し牡蠣の海

供へある真桑の映す皿の色
真白き箱折紙の蟬を入れる箱
来て夜は沖のしづけさ蟬の穴
友失せぬ欅を楡を置き去りに
夜によく似て育つ木も晩夏かな
八月を見る傾けて日に当てて
秋草を経てくつきりと丘にゐる
歯車がまはり鶏頭並び立つ
梨の皿葉書の隅にとほき船
広がつて水となる海秋の草
灯心蜻蛉空へむらさき流れ込む
摺りへりて月光とどく虫の庭
星々のあひひかれあふ力の弧
星空にときをりの稲光かな

せりあがる鯨に金の画鋲かな
汝寝ねて夜どほし冬の空があり
ひぐまのこ梢を愛す愛しあふ
目逸らさず雪野を歩み来て呉れる
蜜の香の日輪落つる冬至梅
初夢の芯を揉み消すふたつゆび
恋いまや狐の被る狐面

いちやうはらり壜の中なるしほの山
指で梨を数へるそれをくりかへす
里芋が滅法好きで手を叩く
目を瞑るやうに雨止む草紅葉
綿虫の間遠き光ばかり来ぬ
凪は冬あなたであつた人と会ふ
冬雲を見しうたごゑが出できたる
枯園や音の向かうに落つる水
枯蓮を手に誰か来る水世界
針山の肌の花柄山眠る
幸せになる双六の中の人
窓の雪料理に皿も尽くる頃
親友は沢庵色の闇をこはがる
ゆゑに侘助水も己を不気味がり

松の葉が氷に降るよ夢ふたつ

鶴帰る天は折り皴ばかりかな

鳥たちのうつけの春をハトロン紙

蝶老いにけり一塊のマーガリン

鯉抜けし手ざはり残る落花かな

道ばたや鰆の旬のゆきとどき

桜の葉はりつき合つて雨晴れたり

二ッ月はそのまま水の絵となりぬ

薄紙が花のかたちをとれば春

会うてすぐ水菜を食べて寝てしまふ

あらはれる二つの川も春の川

のぞまれて橋となる木々春のくれ

歯の色の沈丁ひらく都かな

春月や薄埃して天心に

冷水や春の日差をその中に

八重桜より電球をはづしけり

俯せに水は流れて鳥曇

木蓮は散り南方に雨季が来る

蜜蜂や夢の如くに雑木山

雨は野をせつなくさせて梨の花

雁ゆくをいらだつ水も今昔

読み解き実況

上田信治×佐藤文香

ああ、と漏れる声

生駒大祐編

上田　この人は誰よりも俳句が好き。俳句が今まで達成してきたことに対する尊敬とか自己同一化とか、一言でいえば愛情がすごく強い。

佐藤　生駒さんは何かを踏襲して書く人。そしてそこに添加されるロマンチックさがある。どんどん読んでは部分部分を蓄えて、これからどんな句でも書けちゃうと思うんですけど、でもどんなやり方をしても、この人の一番奥には人や感情を恋慕する気持ちのようなものがあって、そこが生駒大祐なのではないかと思います。

上田　**〈五月来る甍《いらか》づたひに靴を手に〉**、「五月来る」という擬人法的言い方の延長で、「甍づたひに靴を手に」と言ってるわけだけど、でもこんなに横すべりしちゃったら、もう、来るのは五月じゃなくて、友達でしかありえないじゃない（笑）。五月が来るように友達が来るんだ、架空の友達がね。これはすごい叙情じゃないですか。この人のいいところは俳句を愛していて、あと友情とかそういう美しいものを心から信じていることで、でもそれを抑制して、言葉を自己運動させて書いてるんだって言い張りながら、それでもなお、ああ、と声が漏れるところに真価があるような気がする。

佐藤　生駒さんは、今日会えたこととか、また会えることについて、すごく喜びを感じる人。この句は、下五で「靴を手に」したところで、完全に人の形が立ち上がって、出迎える生駒くんがにこって笑うような気がして。

上田　あはは（笑）。透明人間だね。

佐藤　似た句ですが、**〈天の川星踏み鳴らしつつ渡る〉**っていうのもいいなあと。天の川という、実態はないというか、渡れない川なんです。メルヘン。しかも天の川が星々であることはわかっていて、でもそのキラキラが金平糖の集まりかなにかのようで、しゃらんしゃらんといわせながら天の川を渡る、ってのってよくない？

上田　いい。ポエムなんだけど身体感覚があって「星踏み鳴らし」って言うときに、自分が見上げてた天の川のポジションに体が引き上げられる、そこに高揚感があるんだ、きっと。〈**梅の実や空だしぬけに朝の色**〉。普通の言葉で書いてるように見えるけど、「だしぬけに」空の色が変わるって、プラネタリウムみたいでしょ。そこで、この天空の中にキュキュッと梅の実があるっていう構図が、一気に立ち上がる。梅の実も青のなかに黄色が入ってるものだし、そういう世界がきれいだなっていう単純なことを、今言うためには、ここまでやらないと、この人が考えている俳句の達成のレベルにならない。俳句をよく知っていて、ルービックキューブの揃っている色をがちゃがちゃにするみたいにして、言葉とかイメージをすこし複雑な錯綜したものにしていくんだけど、でもモチーフは、世界に対する愛情、あるいは、かつて実現された俳句のよさにある。関悦史さんが攝津幸彦賞の評で「非実体的で言葉の操作が目立つけれど実在の次元と手を切っていない」と書いたのは、そういう事情だと思う。〈**ひぐまのこ梢を愛す愛しあふ**〉とか、わけ分かんないけど、愛だなって思うでしょ？（笑）この人何言ってるの？（笑）っていう、その変さが、なんかやむにやまれぬものを感じさせる。最近の句は、いろんな作家が試みてきた方法、それこそ宇佐美魚目《ぎょもく》とか今井杏太郎《きょうたろう》、田中裕明とか鴇田智哉さんとか、それぞれぜんぜん違うことをやっていた作家が使ったいろんな方法を取り入れて言葉を操作するということをするんだけど、ちょっと方法が多すぎて、それぞれ統御できてるのかなという懸念もある。

佐藤　〈**里芋が滅法好きで手を叩く**〉とか、〈**会うてすぐ水菜を食べて寝てしまふ**〉とか、こういうおかしな、笑ってる人であるっていうのがまた出てきたらいいな。

上田　「いい人」性がもろに出てる。その書き方だと〈**六月に生まれて鈴をよく拾ふ**〉も面白いよね。加倉井秋をに似てると思ったんだ。上から下まで順番に言いましたって書き方だけど、言ってる意味がおかしいことで俳句としての構造ができてる。これも面白いやり方。

佐藤　生駒さんは、俳句は（言葉を扱う）技術が第二、（俳句に対する）思想が第一だと思っているそうです。

上田　付随情報をすべて消し去って、言葉だけで読まれたいとも言うよね。この人にとって「よさ」はゆるぎないから、言葉が問題、思想が問題と言うんじゃないかな。言葉の操作を前面に出して作るのも、うっとりするためのアリバイみたいなものかもしれないね。

北大路翼

告白は嘔吐の如し雪解川

迷子センターアロハの父が謝り来

毛虫焼く頭の中で蝶にして

簡単に口説ける共同募金の子

キャバ嬢と見てゐるライバル店の火事

鯛焼き買ふ目で人数を確かめて

『天使の涎』以前

『天使の涎』

きたおおじ・つばさ　一九七八年、神奈川県生まれ。新宿歌舞伎町俳句一家「屍派」家元。「街」同人。砂の城城主。句集に『天使の涎』（第七回田中裕明賞）、『時の瘡蓋』、共著『新撰21』。

友のみ知る中絶の過去卒業歌

よれよれの食券で待つぃぬふぐり

拡大の果てのドットの梅雨に入る

枯れるまで同じ時間の時計草

金髪を抱きしと墓に報告す

宵寒の電話で作る味方かな

たましひの寄り来ておでん屋が灯る

手に受けし精子あたたか冬の夜

豚の死を考へてゐる懐手

バンザイで外すブラジャー春の昼

快便やまだ念仏がをはらない

放射能床に音なく蜂が飛び

『天使の涎』以前

『天使の涎』

起きてゐる暗さ真鴨が杭の上
飲むヨーグルト暖房が効きにくい
マフラーを地面につけて猫に餌
次の嚔をポケットティッシュは耐へられまい
風林会館から信濃屋までの春の星
焼肉屋自体が燃えて野良の恋
溜め息を黄色く描き春の星

幻聴に返事をすると桜になる
花びらの薄きを踏めば透き通る
かくも寡黙花を殺めてきし人は
パーマかけたり独活の酢味噌を作つたり
無自覚な巨乳よ初夏の風が吹く
もろ逆風休み時間のままでよし
痔の色の蟹が来てゐる枕もと
熱湯は熱いと思ふ蛾にかけて
飲めばすぐ戻る機嫌や尿に虹
昼寝する力士に海の風優し
揺れながら鼻毛を抜けば海匂ふ
屋上に出れば流石に涼しくて
路地抜けてまた路地に入る蛾のてかり
萬の下駄芭蕉の弟子を名乗りたる

蝶の群愛にとどめを刺しにくる

風は初夏用心棒の立ち眠り

パンイチは事前か事後か町薄暑

ウーロンハイたつた一人が愛せない

アイリスの原色に会ふ貧しき日

木刀で入れるスイッチ扇風機

墓洗ふお前はすでに死んでゐる

もつたりとちんぽ引き摺り村祭

仮設便所でできる体位や祭混む

ブラックライトで光るブリーフ羽化ではなく

「でも犯人はクーラーをつけてくれました」

好きよママ市民プールに浮かないで

復縁を笑へば夏が濃く匂ふ

うーんとつてもジューシーな熱帯夜

ある人はこれも胡瓜と呼ぶだらう

椎茸の香りの湯気が風呂場まで

太刀魚の折れて図鑑に納まりぬ

ゆるキャラが笑ふ稲刈り機の近く

鉄板に油をひいて渡り鳥

冬を待つ詩人の死んだふりごつこ

七五三違ふ家族のカメラにも

ルーレットの百の小部屋に星流れ
ドネルケバブ削ぐや大黄落の中
次の戦争までしやぶしやぶが食べ放題
噴水の自動制御やJリーグ
マジックカットがうまく切れたよお富さん
重力に色を抜かれて藤枯るる
弁当の余熱を抱いて雪の中

『時の瘡蓋』

タオル繋いで鯨を神社まで運ぶ
布団叩きの一打一打や渓の村
マスクの中で小さく嫌と言ひ潤む
きりつとしない奴らのおしくらまんぢゆうだ
酒気帯びのサンタが悲しいこと歌ふ
飲みに行くとは会ひに行くこと大寒波
この町を出るため寒鴉の餌に
店内に風船が飛ぶタコライス
発達が心配になる蛍の絵
馬に化けてよ流星を拾つてよ
秋刀魚焼く煙競歩の地区予選
新米と交換すつぺ金メダル
校了や搾つてジュースにするレモン
眠いけど肉まんだつたらいただくわ

『時の瘡蓋』

読み解き実況

上田信治×佐藤文香
浅さと深さの同時表現へ

北大路翼編

佐藤　翼さんは人情で書いているのに軽いのがすごい。俳句的な笑いじゃなくて本気で笑える句がある。あとは、人類愛的な、誰でも好きになってくれそうな、愛。**〈キャバ嬢と見てゐるライバル店の火事〉**はいい句だしこの人らしいんだけど、私は**〈鯛焼き買ふ目で人数を確かめて〉**が好き。十人くらいはべらせて祭の中かなんかを歩いてて、お前らの分も全部買ってやるよ、って後ろを向いて人数を目で数えて、「鯛焼8つ！　お釣りはいいよ！」とか言って買っていく。この優しさと、俳句としての過不足のなさ。この人はツイッターでどんどん俳句を発表していて、発する言葉すべてが俳句になる。俳句用のリズム感とか、俳句にするべき意味内容量が咄嗟の判断で量れる。この句の過不足なさとリズムのよさというのはこの人らしさと言えます。

上田　**〈アイリスの原色に会ふ貧しき日〉**もすごくいいけど、好みを言えば**〈鉄板に油をひいて渡り鳥〉**が一番かな、どうでもよくて。昼間っから屋台が出てる。その上の狭い空を鳥の影がよぎる。この人は、昔から「伝説の先輩」みたいな人で「北大路翼」伝説を書きつつ、リアルタイム伝記を生きるっていう人なんだよね。あの人が俳句を吐き続ける、そこにあの人の存在の明滅があって、それを読み手は即時性同時性をもって受け取る。物語として読み物として楽しい。でも、それが「うける」物語であることは限界でもあって、**〈キャバ嬢と〉**の句もそうだし、**〈簡単に口説ける共同募金の子〉**もさ、普通に嘘じゃん？（笑）だから翼さんについては、いつかもっとすごい句をばんばん書いてくれたらいいな、下村槐《かい》太《た》みたいになったらいいな、とか思ってる。

佐藤　今までのものでも、本当のことを書いてる句がいいと思うんですよ。なぜなら、一句一句では物語たり得ないからで、結局伝説らしさを立ち上げるのは作品の量と自己演出、普段の繊細な心配り。だから一句で何かを語ろうとしない句がいいし、俳句的だなというふうに思うんです。**〈椎茸の香りの湯気が風呂場まで〉**とか。

上田　結局、北大路さんじゃなくても成立する句がいいような気もするんだ。
佐藤　でも、**〈ブラックライトで光るブリーフ羽化ではなく〉**とかは、なかなか翼さんじゃないと書けない。
上田　あはは（笑）。なるほど。
佐藤　真っ暗な中にある、蓄光顔料の塗られたブリーフの薄緑色に光るのが、蟬の羽化のはじめのまだできあがっていない羽に似ているっていうのは、発見でもあるし、うまく書けていると思います。最近出版された『時の瘡蓋』という句集のなかでは、『天使の涎』よりもさらに崩れてきているところに本人は面白さを感じているのではないか。**〈眠いけど肉まんだつたらいただくわ〉**みたいな、これは本当ではないんでしょうけど。翼さんは定型感があるというか、文体的にはそこまで攻めてない。そのなかで、どんな内容まで踏み外して俳句で通るんだろう、どんだけ朦朧としていいんだろう、みたいなのが今考えていることなんじゃないかな。歌舞伎町からの評価と、俳句界からの評価って、一緒だったり違ったりすると思うんで、これから彼がどういう作品をつくっていくかは、どこに照準を置くかにかかっていると思います。
上田　**〈馬に化けてよ流星を拾つてよ〉**、好きだな。今何言った？　って思うよね。**〈揺れながら鼻毛を抜けば海匂ふ〉**、これも好きだね。「揺れながら」がいいね。
佐藤　大好きですね。
上田　やっぱこの人は二正面作戦でやっていくんだと思います。大衆戦略と、いい俳句すごい俳句を書くっていうのと。
佐藤　「歌舞伎町の人間探求派」と一言で言ってみようとしたけど、人間探求派っていうには軽すぎるんだよね。
上田　それは面白い問題だね。やっぱ人間が違う？　加藤楸邨のような、言ってしまえば「深い」人格に、平成の我々はうまく到達できない。そのいらだちはきっと北大路さんも共有していて、だからああいう自己演出に至るんだと思うな。
佐藤　深い人間であること、深い作家であることっていうのが、果たしてこの時代に必要なのかな。
上田　ま、深いって言葉の使い方で。本当のものっての は浅さと深さの同時表現が必要なんです。僕は、浅さの時代を生きてきた人間だから、それははっきり言える。

阪西敦子

自転車はざざと停まりぬ黄水仙
雲少し戻りしことも春めく日
唐揚の影おそろしき涅槃かな
やさしげにシーザーサラダ百千鳥
雛飾る雛しまひたくなりながら
沈黙を巻き上げて火よ御水取

さかにし・あつこ　一九七七年、神奈川県生まれ。祖母の勧めで七歳より作句、「ホトトギス」児童・生徒の部に投句を開始。「ホトトギス」同人、「円虹」所属。二〇一〇年、日本伝統俳句協会新人賞受賞。共著に『ホトトギスの俳人101』など。

春著著て手にするものに飽きやすく
また人に抜かれ春著のうれしさよ
寒鯉の向かうカーテン厚く閉ぢ
散る白となりて風呼ぶ梅の花
寒明や夜空どこまでうすくなる
絵踏見しやうに水槽離れたる
つばくろや板書は音を無くしつつ
春眠の眉飛び去つてゆきにけり
爪切りて手の皺新た百千鳥
虻の昼ブロンズ像の下肢長く
麗かや雲のごとくに魚死にて
引越の近きピアノやひなあられ

夜々伸びて沈丁の香でありしこと

椅子に寝て海辺の夢や春灯

桜蘂降る駅遠く家遠く

木はオリーヴ夏雲のいづこより

梅雨日曜牛乳ほどのあかるさに

青嵐涙うしろへ落ちてゆく

金魚連れ帰る家々よく見せて

田楽の跡の皿掻く串の先

手の影となり桜餅香りけり

牛乳の青み八十八夜かな

籠の影纏ふ卵や夏近し

先生と叫ばれてゐる立夏かな

犬小屋にけふは犬なし吹流し

柏餅買ひ風上へ歩きけり

大地我が後ろにありて夏の門

届きたる筍を畳へ下ろす

あぢさゐや机に向かふ人見えて

蝸牛好かれはじめてゐるらしく

山梔子の花びら折れて香りけり

この星にフットボールよ大南風《おおみなみ》

サックスのぐるりに映り素足なる

香水を濃く幻に飽きやすく
団扇振り昼を減らしてゐたりけり
揚花火明日に明日ある如く
ボクシングジム越しに見え稲光
辻の灯に肩現れぬ里祭
松分けて来たる光は秋の海
小包の文字密にして霧匂ふ

夏燕水愛すとは空愛す
むかし川見えたる蛍袋かな
涼しさの魚と鳥と木の話
ひらきつつ色逃れゆく水中花
菓子折の片側重き西日かな
夜店見てほんとは少し遠く見て
椅子かませある扉より夏の蝶
窓広く夏の終りとなつてゐる
水蜜桃ランタンの灯の届きたる
桃の毛と眼の映るナイフかな
秋風の中や職場の人同士
蟷螂の立ち上がりては籠の丈
金木犀ゆつくり雨のはじまりぬ
くるぶしの散らばる秋の灯かな

投げ出して体しづかや草紅葉

錆び初めの明るさのあり姫椿

竹馬の風に凭れてゐたりけり

雪吊の加賀を盗んでゆくところ

牡蠣買うて愛なども告げられてゐる

取り出せる葱の長さの日差かな

ひんやりと手鞠に待たれをりにけり

汝がための林檎も入れて旅鞄

また数を忘るる柚子を数へけり

母呼びて力みなぎる七五三

枯芝や手をおきて手のあたたかさ

目の合ひて匂ひの動く毛皮かな

塔の腑の灯りはじめて聖夜来る

火事場へと街吹き込んでゐたりけり

暖房や凭れて暗くなる窓辺

初茜マンボウは何かの途中

風孕むままに渡され初神籤

寒卵片手に割つて街小さし

寄せてある蜜柑の皮に日差かな

日なたぼこのどこかをいつも風通る

入学の道のふはふはしてきたる

読み解き実況

上田信治×佐藤文香
普通の人の深々とした眼差し

阪西敦子 編

上田　〈**松分けて来たる光は秋の海**〉。光がすごい物質感を伴って、遠くから来ている。来た光を逆に辿っていくと、さらに開ける世界がある。その向こうには秋の海だ、この光は秋の海なんだという、この空間の広がりと温度感ね。絵でも音楽でも空間表現は、その人が世界をどう把握しているかをよく伝えるものだけど、この句には手前と奥とその奥があって、全部が充実している。圧倒的にいい句だと思います。「ホトトギス」の人たちが今、中心に置いているのは、季題（季語）が大切、季題を生かすために俳句があるっていう考え方なんだけど、阪西さんは、そのまま一歩踏み込んで、世界のなかに季語があるとはこういうことだっていうことまでを書いてる。

佐藤　私は〈**桜蘂降る駅遠く家遠く**〉っていうのがいいなと思って。バスか車に乗ってたんだけど降りちゃったか、あるいは歩いて変なところに来ちゃった。もう疲れていて、駅があったら電車に乗りたいけど駅は遠いし、かといって、家もここからは歩いて帰れず、タクシーも通りそうにない。一人ぼっちで辛いんだけど、桜蘂だけが降っている世界、それがすべてであるっていうのがいいですね。阪西さんはわりと長い単語を一句に入れるのが得意な人で、たとえば「シーザーサラダ」とか「ボクシングジム」とか、この句は「桜蘂降る」っていう季語が長め。後半も「駅遠く家遠く」って、音も似通っているし全然たいしたことを言っていない。言葉についての感覚がせせこましいと、こういう定型のつかい方はできないと思うんです。裕福な言葉づかいというか、ごちゃごちゃ入れないよさがあるなと思います。

上田　この句も非常に空間的だよね。「駅遠く家遠く」はシンメトリー、その真ん中に立っていて、降る桜蘂にボーゼンと包まれている。

佐藤　本当に明るい句が多いんだけど、明るくて気持ちいいねっていうだけじゃなくて、聡明な明るさで、それは言葉や俳句への信頼のなせる技ではないでしょうか。

上田　作中に人間が出てくると、孤立していて淋しげなことも多くない？　**〈ひんやりと手鞠に待たれをりにけり〉**、手鞠と私が一対一で冷えている。世界を充実したものとして書く一方で、人が出てくる句では、しーんとしている句が印象的だった。**〈椅子に寝て海辺の夢や春灯〉**、夜、椅子で寝てしまっている自分を自分で見てるんだよね。あ、唐突だけど、僕は、この人には使命感があるんじゃないかと思った。

佐藤　今俳句の世界で新しいと言われることが何かを知っていて、で、伝統俳句といわれる「ホトトギス」で何がいいかっていうのもわかっていて、その両方を達成するために俳句を書いている人だと。

上田　「ために」は言いすぎだけどね。**〈寒卵片手に割つて街小さし〉**ってこれ最高じゃないですか？　ロッキーかよって。片手で割るってことによって、脇の下に空間が生まれてるじゃないですか。その下に街が見えてるわけよ。そこで「カーーン！」っていって卵を割る。この美しい空間性と気合ね。

佐藤　たしかに、空気がよく含まれている。だから句の持つサイズ感が広い。**〈雲少し戻りしことも春めく日〉**とか、「ゐたりけり」とか、句に空気を吹き込むようなところが、いいかたちで「ホトトギス」の稲畑汀子さんらしさを受け継いでいるところなのかなと。一方で、はしゃげる人でもある。人柄、句柄の深さがあります。

上田　そうだね。いい人であることと、世界を深く、迫力をもって感じているっていうことは全然両立する。この人のすごさって、普通に暮らしている人がこんなに深々とした目で世界を見ているんだな、ということ。**〈寒鯉の向かうカーテン厚く閉ぢ〉**。寒鯉がいるこの水平の空間と、窓の向こうの垂直の空間が90度に交わってて相似なのよ。カーテンが分厚く閉じてるように、寒鯉の水も分厚く閉じてるわけ。この一角の狭さが面白い。

佐藤　人んちの庭の池なんでしょうね。で、家の人は厚く閉じたカーテンの向こうにいるわけですよね。

上田　そうだね。家の人を寒鯉扱いしてるね。

佐藤　そーれーはー、違うと思う（笑）。

上田　でも、世界にどう寒鯉がいて、寒鯉の池があるかが、窓のカーテンがあることによって、本当になまなまと感じられるじゃないですか。これはまさしく、写生っていう方法が実現してきたことでね。世界がかくあるってことが、書けてしまう。素晴らしいと思った。

鴇田智哉

白息のほかにかすれてゐる木々も

梟のこゑのうつむきかけてをり

ぶらんこに一人が消えて木の部分

こゑふたつ同じこゑなる竹の秋

うたごゑを口がうたへば子子も

十薬にうつろな子供たちが来る

『こゑふたつ』

ときた・ともや　一九六九年、千葉県生まれ。一九九六年、結社「魚座」に入会。俳句研究賞受賞。第一句集『こゑふたつ』で俳人協会新人賞受賞。「魚座」終刊後、結社「雲」に入会、のち退会。第二句集『凧と円柱』で田中裕明賞受賞。同人誌「オルガン」参加。

見まはしてゆけばつめたい木の林　『こゑふたつ』

凧は大人の服を着てゐたる

にはとりの煮ゆる匂ひや雪もよひ

西風は人の襟巻かも知れぬ

かげろふを川向うから来て坐る

文字は手を覚えてゐたり花の昼

逃水をちひさな人がとほりけり

うたたねのはじめに蝌蚪の紐のいろ

ゆふぐれの畳に白い鯉のぼり

梧桐はこちらを向いてゐる木なり

ゆく方へ蚯蚓のかほの伸びにけり

優曇華やかほのなかから眠くなり

こほろぎのゐる港には怖い船
食べられて茸は消えてしまひけり
ひあたりの枯れて車をあやつる手
上着きてゐても木の葉のあふれ出す
人参を並べておけば分かるなり
毛布から白いテレビを見てゐたり
をどりばで人の頭に環がかよふ

『凧と円柱』

壁に浮きうすばかげろふとはなりぬ
断面があらはれてきて冬に入る
寒ければ小さい方の鳥を見る
あかるみに鳥の貌ある咳のあと
枯原は録音らしき誰か来る
うすぐらいバスは鯨を食べにゆく
歯にあたる歯があり蓮は枯れにけり
複写機のまばゆさ魚は氷にのぼり
ここは何処だらうか海苔が干してある
いきものは凧からのびてくる糸か
たてものの消えて見学団が来る
どこまでの木目のつづく春の家
まなうらが赤くて鳥の巣の見ゆる
鳥の巣を囲んで人の消えにけり

『凧と円柱』

鳥が目をひらき桜を食べてゐる
うぐひすを滑らかなるはヘルメット
雉鳴くとトタンの板が出てをりぬ
むかしには黄色い凧を浮べたる
くちもとが車に映る柿の花
ゐるはずの人の名前に秋が来る
眉のやうな目をして秋が笑ふなり

薇《ぜんまい》はきのふを夜と思ふなり
中日の二つの点のひらきかな
春風の止んであたまが上にある
うつぶせのプロペラでいく夜の都市
南から骨のひらいた傘が来る
ぼんやりと金魚の滲む坂のうへ
近い日傘と遠い日傘とちかちかす
河骨の近く通話をしてゐたり
ががんぼの古い形が目に残る
あふむけに泳げばうすれはじめたる
壜ならばすんなり秋が来てくれる
まなざしの球体となり霧をゆく
水に日のうつろへる昼のこほろぎ
月面が芒を過ぎてから見ゆる

顔のあるところを秋の蚊に喰はる
ひなたなら鹿の形があてはまる
7は今ひらくか波の糸つらなる
回るほど後ろの見えてくる疾さ
指が画をぐるぐるにして飛ばす蛇
tttふいに過ぎゆく子らや秋
すぢかひのつめたさ空の組み上がる

『凧と円柱』以降

三つほど悪い茸の出てゐたる
いちじくを食べた子供の匂ひとか
鳴りわたる時報に葛のはびこれり
揉んでる馬ども知れどもすれっど
つきゆびは歌をとめどもなく辿る
しらいしは首から上を空といふ
中にゐる水母のずれてきたりけり
うみべりの壁に描かれたままの虹
かなかなといふ菱形のつらなれり
消しゴムに小暗い栗鼠をからめとる
あけがたの空に指紋のやうな咳
日短くすべりくる人の乗りもの
昔から打ちっぱなしの空がある
近い未来へアロエの花せり出す

『凧と円柱』以降

読み解き実況

上田信治×佐藤文香

この世界の「かんじ」

鴇田智哉編

佐藤　鴇田さんは以前インタビューで「それだけで生えている」ような句が書きたいと言っています。何かを見て写し取るんじゃなくて、何か自体であるような。だから句が命そのものであるようなところがある。それは句が妙であることともほぼイコールで、すごくおばけっぽい。〈**ひあたりの枯れて車をあやつる手**〉、日当たりのいいところの草が枯れてるのかもしれないけど、「ひあたりの枯れて」っていうと「ひあたり」自体が枯れたというか、翳りが現れたように感じる。そこで一段階屈折があって、「車をあやつる手」。ふつう車は中で運転して動かすものなのですが、この書き方を見ると、どうもハンドルを持っている人の手ではないようにも思われる。駐車場で誰かが外に出て、「オーライオーライ!」って言っているときのような、手がひらひらしているかんじ。妙な前半のフレーズから飛躍して、また妙な後半のフレーズが訪れる。これらが一句のなかで結びつくことによって、できているようには見えるんだけど、全然わからなくなっている。「枯れる」も季語だと思って使ってるわけじゃなさそうだし。この句自体がおばけのようで、おばけっていうのは、そこに生えているっていう、鴇田さんが目指しているものにあたるような書き方ですよね。こういうことになってしまうのは、すごい。

上田　第一句集に〈葦枯れて車の中に人のゐる〉という句があって、別に変なことは起こってないんだけど、こう書くと、事件現場みたいじゃないですか。現実をある言い方で言うと、それが変容して不思議に見える、その不思議さこそ現実の手ざわりではないか、というふうに彼の初期の代表句は書かれていた。ただ、そこから、鴇田さんは書き方を変えてきていて、最近の句は、言葉どおり読んでも像を結びにくい。でも、読み手は歯抜けの言葉からも意味を取ろうとするし、イメージを結ぼうとする。そのとき、不思議なものが立ち上がる。像を結ばない写真を見る、ないものの手ざわりを感じる、でも世界を感受するとはそういうことではないか、と。

佐藤　昔、俳句研究賞を受賞したときに、「こんな骨のないものは俳句じゃない」という意味のことを藤田湘《しょう》子《し》に言われたようですが、たしかに、言葉がふわふわ浮かんでいるような気がして。

上田　切れがなくて、言葉に無駄があるように見えるのは、鴇田さんの先生だった今井杏太郎ゆずりだよね。どう書いても不思議になる、むしろ不思議な「かんじ」以上のことは絶対書かないところも、杏太郎と同じ。

佐藤　鴇田さんはずっと、そういう「かんじ」「質感」の方を書こうとしてた人で、二〇一〇年代以降、大勢がそっちにシフトしてきたから、鴇田さんが第一人者になったんですよ。私たちの俳句、というものがあるとしたら、そのひとつの中心は、いったん鴇田智哉になったと言っていいと思う。で、『凧と円柱』以降には〈**揉んでる馬ども知れどもすれっど**〉とかになってきた。この人は自分が中心になってしまったことがわかったんじゃないかとも思うんですよ。だから今、鴇田調を俳句世界に残して、そこから抜け出ようとしているのではないか。

上田　ただ言葉は「どうとでも言える」「なんでも言っていい」という方に行くとつまらなくなるよね。鴇田さんの近作には世界の「かんじ」との紐帯が切れていないかと危惧を感じることもある。一番好きな句は〈**鳥が目をひらき桜を食べてゐる**〉。「鳥が目をひらき」という言葉のすごい異様さ。こう言うことで「鳥が目を『閉じて』桜を食べている」可能世界が立ち上がってしまう。でも、そんな世界はないんだよ！　これだけの言葉で、こうでしかありえない世界が一個だけあるっていう「この世界」の感触を伝えていて、ものすごく気持ちが悪い。

佐藤　「鳥が目をひらき」って、鳥にすごく寄らないと見えないから、食べてる桜の蘂とかまで全部見える寄り方をしなくちゃいけなくなるのも、面白いところです。最近だと季語に匹敵する重いモチーフなしの無季俳句〈**回るほど後ろの見えてくる疾さ**〉に注目しました。

上田　この人はたぶん、言葉の不思議、認識の不思議っていうことをテーマにして、自己解体をどんどんすすめていくわけなんですけど、そのときどういう俳句が現れるか。

佐藤　俳句は言葉なので、言葉でできる何をも俳句としてやればいい。これから言葉の、世界の、どんな「かんじ」を私たちにくれるのか。楽しみすぎます。

高山れおな

日の春をさすがいづこも野は厠
春の田を仰向けに飛ぶ鳥あらむ
総金歯の美少女のごとき春夕焼
ばらばらをまた組み立てし昼顔よ
玉虫に罅《ひび》入《い》るほども見つめてよ
涙のやうに少年泳ぐ近江かな

『ウルトラ』

たかやま・れおな　一九六八年、茨城県生まれ。一九九三年より「豈」に参加、現在に至る。第一句集『ウルトラ』により第四回スウェーデン賞。第二句集『荒東雑詩』により第十一回加美俳句大賞。第三句集『俳諧曾我』。共編著に『新撰21』『超新撰21』。

まぼろしの大河を前の御慶かな
離陸するどの窓も貌《かほ》実朝忌
紅梅やまたも地球を思ひ出す
超巨大落椿にて圧死せむ
雛壇を旅立つ雛もなくしづか
生没年不詳の父と観潮に
鶴亀を撫《ぶ》しつつ端居するや誰《たれ》
友よなぜ輝く裸で古池へ
蟬穴のごとき眼でまれには笑ふ
花嫁のトイレ永久《とは》なる虎が雨
うきうきとみな目玉あり西鶴忌
菊の香や眉間よりビーム出さうなり

「ウルトラ」

失恋や御飯の奥にいなびかり
恋ひ恋ひて紅葉づるいろはにほへ坂
白息の巣となる肉や空也の忌
陽の裏の光いづこへ浮寝鳥
前田君、さつきから鳴つてるよ。
龍天に昇るがごとき着メロが
手のばせば腋かがやきぬ鳥の恋
七夕や若く愚かに嗅ぎあへる

『荒東雑詩』

小倉百人かたまつてゆく寒さ哉
墨東に絵の餅を焼く絵の火かな
大根の畑を夢で拡げけり
勃つ肉に万歳の波深きかな
木の股の母へ母へと春の雁

『荒東雑詩』

我と亀からくれなゐに紛れ鳴く
露の野をわれへ嫁げや玉の輿
熟柿もてやしなふ影と形かな
名月や飛び蹴りの影次々過ぐ
君と寝む襖の虎に囲まれて
土佐脱藩以後いくつめの焼芋ぞ
無能無害の僕らはみんな年鑑に
お湯入れて5分の麿と死なないか?
勝利だよ勝利だよ　と、猫バスの二人は

第一分冊「俳諧曾我」

『俳諧曾我』

秋簾撥《かか》げ見るべし降るあめりか

墨磨つてびゆんびゆん星を飛ばす哉

麿、変？

そらみゝの　どれみの雁の　父鳴けり
第一分冊「俳諧曾我」

股ぐらの星雲　燃えあがりては消ゆるかな
第二分冊「侯爵領」

びしよ〴〵の神様ですか稲びかり
第三分冊「フィレンツェにて」

衆《おほ》く有《ゆた》かに我らゝゝゝゝ虎落笛
第四分冊「三百句拾遺」

『俳諧曾我』

十七歳《とをまりなゝつ》！　鬣は山を駆けおりる

死に急ぐなり。白い雲《ヘ・アオ・テア》　たなびく白い雲《ヘ・アオ・テア・ロア》

唐婆《カラバ》の名何処より。おわあ。王よ、この贄《にへ》を
第二分冊「侯爵領」

雪解野に「吾妹《わぎも》」と呼べば紫雲来て
第四分冊「三百句拾遺」

肌脱で虎暴《う》つマシンとして君は

葛の屨《くつ》搾れば臭水《くさうづ》ちやあと出て

懲りず嘆かず葛の乱れを共にする

身ひとつの扇谷《あふぎがやつ》に秋風満つ

地球へと渡るかりがねにすれ違ふ

吊革に葱より白き君は夢
第五分冊「鶏肋集Ⅰ」

かの独身者《セリバ》／デスラーの忌／の／醤油ラーメン
第六分冊「鶏肋集Ⅱ」

「横書き俳句死ね」と呟くパイクかな
第七分冊「パイクレッスン」

接写した滝みたいだろ俺の家

平明で記憶しやすい一句欲し

たけのこや昼の月から風が吹く
第五分冊「鶏肋集Ⅰ」

げんぱつ　は　おとな　の　あそび　ぜんゑい　も
第八分冊所収附録「原発前衛歌」

身にしむといふは春もよ昼寝覚
句集以降

数数の窓の朝日や衣更へ

出歩いてハート撃ち抜かん業平忌

我が汗の月並臭を好《ハオ》と思ふ

変ロ短調的秋だticktackさよなら倫敦

ムーミンはムーミン谷に住んでいる

踊る嫁が君《マウス》よ、私が私で、明るすぎる

きれ　より　も　ぎやくぎれ　だいじ　ぜんゑい　は
第八分冊所収附録「原発前衛歌」

でんとう　の　かさ　の　とりかへ　むれう　で　します

じどうきじゆつ　の　をとめちつく　ぞ　はづかしき

春服や荒星ほしいままなる夜
句集以降

はな　の　くも　むかし　だみごゑ　の　おとゞ　かな
「かなしばり四季之詞」

〈あはれすごげ〉に須磨のガストといふ処

夕映え長くアイスコーヒーさへ赤い

とはに二つ暑い鏖殺《みなごろし》の日だね

日盛の日はモザイクの金に及ぶ
「イスタンブル花鳥諷詠」

虚空より紫蘇揉み出すは寂しけれ

澄みては消ゆ水のわ印シわを連ね

鹿が食べたい女に水涸れ雲流れ

読み解き実況

上田信治×佐藤文香

王様の恋と教養と軽薄さ

高山れおな編

上田　僕はやっぱりれおなさんが一番すごいと思います。圧倒的な才能だと思うね。この水準で書けてる作家が、この集中はもちろん、今の俳句界に何人いるだろうか。言語的才能っていうのは要するに、その人が選んだ言葉がそう配列されると、あるはずのなかった豊穣さが現れるってことでしょ。れおなさんのどの句をとっても、これだけきらびやかだっていうのは、塚本邦雄とか加藤郁乎とかの才能のあり方を思わせるよ。

佐藤　王様です。なのに、持っている教養とかお茶目さみたいなのとか、青春性までをも、ちゃんと手渡してくれる。私はなかでも恋の句がすごく好きで。〈**七夕や若く愚かに嗅ぎあへる**〉〈**失恋や御飯の奥にいなびかり**〉。あと、句集以後の句で、〈**出歩いてハート撃ち抜かん業平忌**〉。「ハート撃ち抜かん」って、字余りまで含めて最高。自分が銃のようなものを持って出歩いて、いい人を見つけては、バン！　ってしたらハートが撃ち抜ける。

上田　あははは。業平だからね。ていうか、王様なのに若いんですよ！　第二句集、30代だからね。

佐藤　なんで恋の句が最高なのか。それ以外のことはなんでも余裕なのに、恋だけはまっしぐらになっちゃう、だからいいんじゃないか（笑）。ただ、本気の第一句集『ウルトラ』は、昭和生まれの我々にとっては超かっこいいんですが、今の若い人に見せると、90年代っぽいと。たとえば〈**総金歯の美少女のごとき春夕焼**〉などは、バブル感と捉えられてしまう。

上田　れおなさんも含めて、加藤郁乎、攝津幸彦、筑紫磐井《ばんせい》といった人たちには、芸術なんて俳句なんて真面目にやるもんじゃないよという、ダダから来てるダンディズムがある。それは前衛芸術の倫理と言っていいもので、そこを見過ごすと、高山さんのふざけ方はサブカルっぽさと見えてしまうかもしれないね。

佐藤　第二句集『荒東雑詩《こうとうざっし》』はすごく前書きの多い句集で、ちょっと日記的な仕組みです。前書きが短歌だったりします。さらに『俳諧曾我』になると薄い絵本のような8冊をテーマごとに区切って、そのテーマで俳句が書かれている。なんでもできるのを全部見せてくれるんだけど、コンセプチュアルになって、読みにくくもなる。

上田　たしかに俳句として読みやすい句は『ウルトラ』に多い。〈**手のばせば腋かがやきぬ鳥の恋**〉、ギリシャ彫刻のように美しくポーズをとる、その腋から生々しい肉体が立ち上る。イデアから肉体性が立ち上るんだ。

佐藤　腋汗ですよね、腋が輝くっていうのは。たぶん腋《わき》臭《が》もあって、腋毛もあるその肉体。その手を伸ばした先に、天上の恋愛である鳥の恋がある。青春、且つ完璧。

上田　加えて、微量に軽薄な人でもある（笑）。でも自分の軽薄さを隠さないし裏切らないっていうのは、作家としての誠実さだよね。〈**無能無害の僕らはみんな年鑑に**〉、俳句についての俳句は、この一句にとどめをさすよ。〈**日の春をさすがいづこも野は厠**〉は、安井浩司を思い起こさせるけど、野原だからどこでもしていいよね、っていうのを、なんでこんな綺麗な言葉で言えるのか。

佐藤　野原一面のたくさんの裸の人たちが、笑いながらシャーってしてる天国みたい。れおなさんは美術雑誌の編集者でもあるので、芸術の一番いい部分を知っている人でもあります。※この句は其角の〈日の春をさすがに鶴の歩み哉〉の本歌取りでもあるそうです。

上田　新古今ということですよ。まだ定家が現れてないじゃないか俳句には、と。『俳諧曾我』の〈**死に急ぐなり。白い雲《ヘ・アオ・テア》　たなびく白い雲《ヘ・アオ・テア・ロア》**〉、これは敵討ちの曾我兄弟が死んでいく歌なんですけど、この「ヘ・アオ・テア」ってニュージーランドの国歌でマオリ語なんです。伝説の兄弟として戦った自分たちが死んでいくっていう恍惚感を、独自の宇宙観を背負った古い部族の言葉にのせて歌ってる。〈**秋簾撥《かか》げ見るべし降るあめりか**〉、これは幕末の遊女の辞世の歌とされた「ふるあめりかに袖は濡らさじ」と9・11と「香炉峰の雪」をかけて、文明の対立がかつて私たちの国にもあったよねえ幕末とか神風とか、と遠い国に愛憎入りまじる思いをはせる。面白すぎてうっとりするね。

佐藤　うぅ、読めてなかった。でも、教養がない人間にとっても、面白い句はある。〈**衆《おほ》く有《ゆた》かに我らゝゝゝゝ虎落笛《もがりぶえ》**〉、「我ら」の「ら」を音楽の「ラララ」に転じて、踊り字にしてる。音符みたいでかわいくない？

上田　いいね。本当に、突出した作家だよ。

小津夜景

あたたかなたぶららさなり雨のふる

日々といふかーさびあんか風の羽化

てのひらを太鼓にかざす鳥の恋

もみあげの風を古巣としてわれは

鳴る胸に触れたら雲雀なのでした

なみがしらなみだの楼をなしながら

『フラワーズ・カンフー』

包帯をほどき焼け野のそらもやう

ひきはがす東風とペーパーヒコーキを

初咲を手折りし僧のけろりかな

春や鳴る夜汽車シリングシリングと

かぎろひの五言よ永遠に絶句せよ

あけぼのよとろんぼおんの肺に満ち

晩春のひかり誤配のままに鳥

夏はあるかつてあつたといふごとく

サイダーをほぐす形状記憶の手

蜘蛛よりも甘く重なるだけのこと

とびてゆかましよとびらよありがたう

飲み干せば風もいまはをうごかない

『フラワーズ・カンフー』

おづ・やけい　一九七三年、北海道生まれ。第二回攝津幸彦記念賞準賞。無所属。句集『フラワーズ・カンフー』にて第八回田中裕明賞受賞。ウェブマガジン「週刊俳句」にフランスの俳句事情を紹介する「みみず・ぶっくすBOOKS」を不定期連載中。

即興の雨をパセリとして過ごす

消えさうな虹に指紋を凝らしけり

あさがほのかたちで空を支へあふ

きりかぶの森ぶりかへすその無人

木は踊る気分で泣いてゐるらしい

『フラワーズ・カンフー』拾遺

学名のひびき他界の秋を帯び

ごちさうの空に文庫をかざしけり

夢殿やくらげの脚をくしけづる

こゑといふこゑのゑのころ草となる

なんとなう忘れがたみぞ額に露

ほうと吐き一糸まとはぬ月自身

とでもいふごとく色あり山眠る

そこかしこシーニュ悴むほどシーニュ

トナカイの翼よあれがドヤの灯だ

もがりぶえ殯《もがり》の恋をまさぐりに

ずぶぬれの枯葉のなかの微熱かな

跋《おくがき》やいまもカモメの暮らし向き

樹形図は下界を秋と思ふなり

『フラワーズ・カンフー』拾遺

いかにもと薫に六花を包み来し

どちらからともなく外す春の虹

水ぬるむ日のあをいろを鳥に巻く

相沢文子

茹でるより焼いてみる朝春浅し

バレンタインデーの伊達眼鏡でありぬ

遠くから覗かれてゐる仏生会

籐椅子に置かれたままの粗品かな

陶枕や頭の中で音が鳴る

水色の洗濯ばさみ鰺を干す

水際の余寒溢れてしまひさう

はだれ野に夕日の伸びてきたりけり

帰りには頬の乾いてゐる遅日

お彼岸や人の名前の坂くだる

春愁の窓越しの星消えさうに

虚子の忌へまぶしきものに触れながら

雨音に鎌倉の春遠ざかる

空梅雨や錆び色がちに咲けるもの

ライ麦のパンの転がる五月闇

白々と照らされ穴子釣られけり

日に透けて整うてゆく桔梗かな

耳鳴りのして踊子と擦れ違ふ

あいざわ・ふみこ　一九七四年、新潟県生まれ。「ホトトギス」編集部への入社をきっかけに俳句を学ぶ。その環境のおかげで稲畑汀子・廣太郎から直接指導を受け、高濱虚子の時代を知る大先輩方にも話を伺う機会を与えられた。「ホトトギス」所属。

終戦の日やフラダンス真似る指
颱風や人の形のものが飛ぶ
大通り抜けて小さな生姜市
冬支度ときどき思ひ出し笑ひ
水兵の眉つながりて冬めける
足伸びてほしいと思ふ日向ぼこ
駅前の雑踏を抜け鯨食ふ

秋分の日の青空へ抜ける影
初鴨に水洗はれてゆきにけり
ほんたうの名前明かさず月の宴
林檎剝くときは優しい顔をする
音立てて十一月の葉つぱ散る
靴下の穴を忘れて年忘
ポインセチア金のリボンは解けやすく
マスクして様々の音聞いてゐる
生き生きと影連れ立ちて馬肥ゆる
北窓を塞ぎ色鉛筆並べ
輪飾のアパートは空つぽとなりぬ
みづうみの風のかすかに義仲忌
侘助の影の浮かんでゐる客間
ひと煮立ちさせ人を待つ四温かな

宮本佳世乃

パラフィン紙夏の名前をかんがへる
空港や中学生の壊れぬ虹
岬へバス暑い暑いと長生きす
鵺あちこち瞳のなかを星に塗る
ともだちの流れてこないプールかな
鳥飛ぶ仕組み水引草の上向きに

『鳥飛ぶ仕組み』

みやもと・かよの　一九七四年、東京都生まれ。二〇〇二年、学生時代の友人との酒席で俳句の話になり句会に参加。「炎環」入会。二〇〇六年、炎環新人賞。二〇一五年、炎環賞。「炎環」「オルガン」「豆の木」所属。合同句集『きざし』。句集『鳥飛ぶ仕組み』。

あはゆきのほどける音やＮＨＫ
薔薇の庭オカリナの穴すべて覆ふ
薔薇園の紐をひとかたまりにする
あぢさゐのほとんど白となり海よ
鍵さして抜いて涼しくなる準備
ひまはりのこはいところを切り捨てる
斧どこに棄てたか水琴窟へみづ
はだいろの西瓜の種を吐きにけり
秋めくと電池一本増えてゐる
胡桃割る団地の奥の遊園地
はつ雪や紙をさはつたまま眠る
ブローチの光が飛んで冬の森

『鳥飛ぶ仕組み』

ふゆざくら山のうしろのとんびの巣

あたたかな橋の向うは咲く林

『鳥飛ぶ仕組み』以降

焼売が真横にすべる春の山

蚕豆の花あいまいに血の止まり

ごつそりと舟虫がゐるシテの声

水澄むやあとはバドミントンでいい

蜜柑山はやく帰つてはやく死ぬ

むささびの眼がふつと弓を引く

死に行くときも焼きいもをさはつた手

『鳥飛ぶ仕組み』以降

野を焼いてうすき鞄を持ち替へて

石楠花のをはりを喉の痛みかな

籐椅子に家のほつれてをりにけり

蒲の穂の吹かれ受持患者の訃

雨喜び歯と歯並んでをりにけり

笙の音真夏の縄が引き摺られ

夏雲がかほを覆つて去りにけり

国道6号北上車窓一切霧

知恵の輪の片方に湧く泉かな

ニュータウンの短き坂よ木の実降る

懐手してともだちの二階の部屋

天井の高くてうちだけがおでん

小川春休

運ばるる新茶に湯気の後れつつ

キムチより朱き汁出て月が出て

月の客吊り玉葱をくぐり来し

柿熟れてながながしきは猫の胴

炬燵欲し炬燵欲しとて自転車漕ぐ

寒し寒し集合写真早う撮れ

『銀の泡』

おがわ・しゅんきゅう　一九七六年、広島県生まれ。大学時代、蕪村好きが高じて俳句を始める。卒業後「童子」に入会。辻桃子に師事。句集『銀の泡』。「童子」二〇一二年六月号より「波多野爽波鑑賞・研究」を連載中、連載は六十回を超えて継続している。

まさらなる扇に舟の絵をさらり

送り梅雨墓の移転のお知らせが

サイダーのストローを噛むのはお止し

線香をさくと立てたる土用かな

蘆間より飛んで真白きあれは何

バス過ぎて鈴虫夜を取り戻す

体育の日立ちては尻をはたきけり

ぢき嫁ぐ妹にして炬燵に寝

うす雪に透け沈丁のつぼみども

すかんぽにこぼれて来しは崖の砂

サングラス畳むや金具輝ける

汗の玉あつまつてくる臍のなか

『銀の泡』

『銀の泡』以降

春炬燵買うて程なく逝かれしよ

水鉄砲水入れる間も撃たれつつ

付録なる浮輪に雑誌膨らめる

稲妻に鼻と呼ばるる岬あり

くつさめに広き林と思ひけり

水となる雪や水面の水を得て

花見弁当いろんな犬の見て通る

『銀の泡』以降

瀧近く鞄の端を強く持つ

鹿より目そらしてはまた歩む鷺

ゑのこぐさ小雨の粒をその中に

月待つや次の頁の絵の透けて

火恋しと四人が四人とも云へり

葉より葉へ時雨の落つる林かな

にきび消えにきび生まるる聖夜かな

呼んでゐるのは初夢の外のひと

ふくろふに味のぼけたるスウプ出て

天井を引き摺られくる風船よ

冷蔵庫閉ぢて鳴る壜花の昼

蝶飛んで来るや宴たけなはにして

おにぎりとおにぎり大のよもぎ餅

貰はれてゆく服小さし雪柳

西山ゆりこ

駆け回る子に夏帽で蓋をする
白シャツのはみ出してゐる回し飲み
サングラス取り糠床へひざまづく
夜濯や一本の草浮かび来る
振り向いて野次にこたふる草相撲
星祭バニラエッセンスひとふり

にしやま・ゆりこ　一九七七年生まれ。動物園に誘われ、ついて行ったら句会だった……というのが、俳句の入口。「駒草」入会。西山睦に師事。神奈川在住の会社員。小田急線のラッシュに揉まれつつ俳句を詠んでいる。

這ひ這ひの稚をまたぐや納税期
微笑んでゐる寝入りばな春炬燵
春眠の底より笑ひかけむとす
ゴールデンウイークありつたけのアクセサリー
男の力クレソンの水を切る
脱ぎたての酸つぱき匂ひ蛇の衣
五月雨に遠く甚平鮫の槽
長患ひ玉葱の芽のまた伸びて
立ち呑みの背に触れさうな扇風機
缶チューハイ女子寮のみな洗ひ髪
手の力抜いて筒鳥よく聴こゆ
草笛のまつすぐ鳴つて海あをあを

穴惑ひ口開くことを試しゐる

糊代のやうに砂浜百合鷗

湖へつながつてゐる干大根

ストーブの唸りの中に投票す

レントゲンに押し当つる胸もどり寒

ちらちらと夜景はうれん草ゆがく

逃げ水に踏み台を置く献血車

知らぬ子の声に乳湧く青嵐

背中より水へ倒るる夏休み

休暇明けサインボールが卓の上

秋の金魚愛さず忘れずに養ふ

稔田の真中に接骨院のドア

走り出す前の足踏み秋の雲

墓石のどれもが真顔天高し

秋うらら東京駅のカツサンド

盛り塩のやうな富士見て蒲団干す

白障子午前の鳥と午後の鳥

十二月の運を立ち読む待ち合はせ

落葉掃き背骨の熱くなつて来し

白息を殺して人を通すかな

どか雪のただ中にゐて水が欲し

トオイダイスケ

カードキー旅寝の春の灯をともす

映像のをさなき俺が東風に揺れ

合はせ鏡にたくさんの君鳥雲に

夏めくやバンド名バスドラムに書く

つるばらや仮眠ののちの身の火照り

一本足打法の子をり今年竹

とおい・だいすけ　一九八二年、栃木県生まれ。友人の参加していた、長嶋有氏らによる句会に投句するため俳句を始める。「澤」会員。「傍点」同人。音楽家としても活動。レーベル「午前十三時社」代表。

四温なりマクドナルドに鳩立ち入り

春の芝はひはひの児を置き直す

渋滞や前より来たるしやぼん玉

舌の裏熱し辛夷に俄雨

曲終はり友は寝てをり春灯

ヘッドフォンにイヤフォン絡む朧の夜

卯の花腐しロケバスの窓黒し

警官のくつろいでゐる麦茶かな

打楽器を並べし中に風鈴も

達筆のメモ貼られあり冷蔵庫

プール監視員ごく浅く腰掛けてをり

卓袱台に置く電子ピアノや避暑の家

この秋の草の香よ東京に満つ

ロバータ・フラック響けり秋の蠅二匹

歯を磨く音の明るき寒露かな

窓開けて煙草吸ふ妻冬の月

水槽の泡とらふぐを押し戻す

剛力彩芽冬薔薇の束騎手に渡す

初空にベース担いで帰るなり

温泉街の薬屋水着並べ売る

鈴虫の重なり鳴きや雨あがる

盆の月味噌ラーメンにバター片

秋の虹ブルドーザーは止まらざる

鰯の群れ通り過ぎゆく食はれつつ

長き夜や酒含むたび目を閉ぢて

終電車デラウェア一粒転がつてゆく

四人兄弟みな五分刈りや吾亦紅

絵の中に老けゆく被告冬に入る

よく伸びて餅と認めて搗き終へぬ

把手叩き鯛焼八つ浮き上がる

鯛焼を差し出す皿の鯛の形

圧縮音源二万曲手に冬の星

雪晴の窓揚げパンのきらめきぬ

小川楓子

実桜やときについばむやうに話して
花栗のさあかす白湯を飲むところ
夏霧の馬車はかなしみを乗せない
青嵐あなたにはこゑをもらつた
だじやれに次ぐだじやれのただなか花火
色鳥来さてもみじかいスカートだな

おがわ・ふうこ　一九八三年、神奈川県生まれ。「海程」「舞」所属。海程新人賞、舞賞受賞。共著に『超新撰21』『俳コレ』『俳句と超短編』。電子書籍では、小説、詩、短歌とのアンソロジー『ヒドゥン・オーサーズ』。

椎若葉こころちひさくなつてきのふ
かるがもの目がちひさくてこぼれない
限りなくはじめのやうに今も夏至
滝しぶきねぢれたるまま葉のそだつ
マルコポーロぼくは噴水とたたかふ
ありつたけの夏野菜はてしなくわたし
朝焼のおかへりホールトマトの缶
木瓜の実に枝のめり込む小暑かな
シャツにゴリラ芙蓉にはまだ早すぎる
泣きがほのあたまの重さ天の川
ランプにシェード梨のくらがりからほどく
ねむの木のむね燃えるたびつぐみの目

つぐみ来るから燃えるつてしぐさして

スクリューに枯蔓のはひまはりたる

鯛焼や雨の端から晴れてゆく

寒林へゆく胸のこゑつかひつつ

懐中時計さらばあやしい春の鳥

永日のきみが電車で泣くからきみが

つちふるやあざやかに騙され笑つた

わたくしもこころのやうで柿の照る

平茸の裂けて羽ばたきやまぬ村

毎日があなたのやうで北塞ぐ

今晩のポテトをつぶしつつ冬木

寒いなあコロッケパンのキャベツの力

かほぎゆつと集めて吹きぬジャズは冬

冬の水日記つけないわたしたち

ふくろふの濃いゆふぐれの雪のなかを

春は名のみの吹奏楽がきこえるね

胸のなかより雉を灯して来たりけり

舌に山葵中国の同世代とか

うたごゑやとてもすてきな落し角

濃いさくらうすいさくらを呼びわける

春の死に三角耳のありにけり

野口る理

わたくしの瞳になりたがつてゐる葡萄
馬鈴薯を洗ひ林檎のやうであり
跳びあがることなくスケート終へてお茶
襟巻となりて獣のまた集ふ
曖昧に踊り始める梅見かな
梅園を歩けば女中欲しきかな

『しやりり』

のぐち・るり　一九八六年生まれ。句集に『しやりり』。共著に『俳コレ』、『子規に学ぶ俳句365日』。

秋立つやジンジャーエールに透ける肘
我々はマトリョーシカぞ秋気満つ
友の子に友の匂ひや梨しやりり
虫の音や私も入れて私たち
初雪やリボン逃げ出すかたちして
初夢の途中で眠くなりにけり
しづかなるひとのうばへる歌留多かな
コロッケのがしやと置かるる雪催
チャーリー・ブラウンの巻き毛に幸せな雪
こちら見るごとく椿や食へねども
春疾風聞き間違へて撃つてしまふ
ふらここを乗り捨て今日の暮らしかな

『しやりり』

日曜は鯉にまたがり亀鳴きぬ

バルコンにて虫の中身は黄色かな

茶筒の絵合はせてをりぬ夏休み

爽籟や膝を包める膝の皮

金秋や家来と名乗りやかましき

柊をかをらせていつまでもいま

チョコチップクッキー世界ぢゆう淑気

『しやりり』以降

蚯蚓より蚯蚓生まるる夜の星

くちなはの寄り添ふ岩の美味しさう

夏服をゆるゆると着て体育かな

二点透視図法と戦つてゐる杏かな

九月とも玩具の蟹の軽さとも

煎餅に荒野ありけり月の暈

火の上にりんごが煮える真実味

わがままな機関車ここのところ雪

雪ぎゆつと握つてこれはこれで良し

独楽あをく山へ帰つてゆくところ

あらたまの言葉で思ふこと以外

手拍子のもはや拍手として霞む

しつとりとサンドウィッチよ猫の子よ

多分この道曲がると桜あるこの道

『しやりり』以降

中山奈々

ほんたうに裸電球寒明くる
春寒の無礼を別の人が詫びる
メロディーと名付けし春の雲崩れ
バンダナで縛るカーテンほととぎす
ジーパンの異臭柳田国男の忌
きみんちのわけわかんない秋はじめ

なかやま・なな　一九八六年、大阪府生まれ。二〇〇三年、俳句甲子園をきっかけに作句開始。「百鳥」・「里」同人。二〇一五年、「里」編集長という肩書きを拝命。天気と時間が読めず、人生の半分を雨に濡れているか、遅刻している。

空に傷つけて雨降る茂吉の忌
ああ春はまだ暗がりに置くピアノ
亀鳴くや名水出づる小さき穴
求人の挿絵にしやもじ風光る
心臓はどつかにあつて春の雨
列車追ふ絮つぎつぎとポプラより
蓬摘むけふ洗顔の記憶なし
すべて分かつた振りして春の油揚げ
布巾に酢を吸はせてもづく夏近し
桜蘂降るさよならを縫ふやうに
茄子きうり実家の住所忘れけり
縄跳びもけん玉も黒が人気や轡虫

スプーン曲げコインを消して休暇果つ

ミッキーのタオルで拭ふ生身魂

行く秋や買ふたび君の傘となる

柚子は黄に席は自由に映画館

鈍痛やケヤキ（ニレ科）の冬が来て

レーザーで彫りし仏や花八手

息白くゴジラゴジラゴジラと遊びけり

消火器はラメ入りの赤雁渡し

苦瓜の天ぷらくもるだけ曇る

母さんが優しく健康に産んでくれたので飛蝗捕る

とても上手に爪を嚙むんで秋の海に捨てる

体育の日や横縞の飛行船

腹痛の弱ささびしさ綿虫呼ぶ

祖父からはカラーの遺影炭をつぐ

霜を舐め尽くせと犬を放ちをり

スキップをして戸締りや冬帽子

夢に出て来るほど冬帽子が似合ふ

血濃くして血濃くして白息吐きぬ

開店すミニ葉牡丹を足で寄せ

ライ麦パン胡桃パン雪深くあり

吐くたびに死なうと思ふ寒の内

村越敦

冬麗や金塊に似て焼餃子
鴨鳴いて血潮つめたくまはりだす
固定カメラに原子炉うつくしく冬日
満月に是れ風花と言ふ他なし
ピザカッター皿をはみ出し春の野へ
養花天タンクローリー連なり来

むらこし・あつし　一九九〇年、東京都生まれ。二〇一二年、「澤」俳句会入会、小澤實に師事。二〇一四年、澤新人賞。現在「澤」同人。

家庭用発電機ものすごく鳴る冬が来る
山茶花に日輪しろく翳るかな
音消して怖いシーンやちやんちやんこ
冬の雨空をあかるくしてはただ
すでに音楽と思ふ言葉や霜柱
蜂蜜を垂らしかがやく聖樹かな
鶏卵を割つて枯野を鶏逃ぐる
白鳥飛来少女うつろにスープ飲み
天王寺王寺斑鳩一切春
歯科天井青空模様春の風
叱られてゐるこめかみやシクラメン
野遊やくしやつと凍る保冷剤

眩しくて咲く梨の花君泣けよ
鯰浮く遠流の僧の貌をして
iPhoneのうへをほんとの蟻歩む
さぼてんの花しらじらと理髪店
バイパスの影に漁村の夏終はる
起床すでに日の高くある枯木かな
路地は冬偽ルイ・ヴィトンひかり合ふ

磯遊しあはせさうにみんなゐる
安酒を犬に飲ませて花は葉に
オルガンにみどりのころゑや夏の月
バナナチップス堅し空港がらんだう
回転寿司湯呑まはるやメロン取る
マンモスの脳は腐らず秋の雲
遠くのひとと話せる装置秋の野に
去来墓所在り秋日のなかに現世に
恋人とはなれて霧を歩むなり
ヴィオラ奏者ひとり巨漢や文化の日
くるぶしの冷えまさりけり西麻布
触れて駅舎の煉瓦つめたし誰も知らず
日本にカレーありけり深雪晴
鰐肉は燻すが良けれきつとさう

黒岩徳将

夜のシャワー俺が捕つたら勝つてゐた
泣き黒子水鉄砲を此処に呉れ
青島麦酒喧嘩しながら皿仕舞ふ
指が指に逢ふ新涼のバケツリレー
子規の忌の饂飩が繋ぐ皿と喉
土瓶蒸し背広の色の蓋外す

くろいわ・とくまさ　一九九〇年生まれ。高校時代、俳句創作部顧問の清水憲一先生に「焼き肉を奢るから」と誘われ句作開始。第五回・第六回石田波郷新人賞奨励賞。「いつき組」「街」所属。サラリーマンをしながら全国の句会や詩歌イベントに出没。

姿見を飛び出す頭夏兆す
薔薇よ薔薇私に肉を食ふ権利
サイダーや花屋の前の男たち
足裏に空見せてやる夏薊
叫んでもメロスは来ない夏の海
アイスクリーム獣のやうに舌つかひ
耳打ちの蛇左右から「マチュピチュ」と
明易や古墳と知らず昇りつめ
蓮の花息吸つて眉とゝのへる
ジャイアントパンダの尻の草いきれ
もろこしを動く歩道で頂きぬ
もろこしに回転といふ黙《もだ》のあり

ポインセチア四方に逢ひたき人の居り

「ブラジャー買おかな」「ほんまに買えよ」かにキムチ

蠟梅を嗅ぐやフードに受くる雨

春は名のみの大きな靴の居候

強きハグ強く返すや海苔に飯

花束を股に挟みて涅槃西風《ねはんにし》

野遊びや跳ねても俺と地が許す

登頂やリュックの梨が背に当たり

本に来て手に来て秋の蚊をはじく

文化の日パン屋の奥の黄のソファー

とろろ汁俺が言うのもあれやけど

柊南天涙の位置に雨が来て

山眠る茶碗に雨の名を与へ

聖夜劇天使も賢者も足ひきずる

大根に長し八百屋の貼るテープ

座るための初湯の桶をうらがへす

鼻をかむ音も異国よ雪が降る

凧の紐垂らしてゐたる姉のまへ

山笑ふ山にかくれてゐる山も

鳥雲に入る風呂敷の波頭

掃き寄せて花屑らしくなりにけり

宮﨑莉々香

はれやかな木が実を落とし透きとほる
降らしつつ山はその実を忘れゆく
ひきだしに鈴トナカイのその冬の
空腹のあたまに梅の咲いてゆく
てふてふがなみだに濡れたゆびに来る
桜蘂降る再生がとどこほる

みやざき・りりか　一九九六年、高知県生まれ。中学生のとき担任の先生のすすめで俳句を始める。土佐高校在学中に俳句甲子園第十六、十七回大会に出場。「円錐」「群青」「オルガン」に参加。澤好摩に師事。明治大学文学部在学中。

蓑虫や白くてあたらしい夕日
うみかぜにすすきの育つ白い浜
あばらからみはらし花野へのつながり
空くるり吸はれて菊に奥のある
枯れてゆくかまきりにねぢ巻きすぎる
冬服に少女らはあいまいになる
冬帽やふくらむ鳥が眼のなかに
靴下を靴にあはせて冬木道
水餅になるまへのまつくらなバス
白鳥や手になにもなく満たされる
ねむる鳥しりとりしりとられつづく
はる風の丘いつまでもいつもの木

まなざしの涼しくまはる木馬かな
からくりの手がうきくさの影になる
電球の中の虹から壊れけり
ゆふすげや丸くつながる小さき園
流灯はまばらに目のなかをむすぶ
墓まゐり手がみちくさを繰りかへす
自転車や木々はしづかに実をつむぎ

つかむとき手はかげろふにいつてしまふ
しんじてもかぜはさくらを書きくだす
一本の柳に画家の目をつかふ
水芭蕉日なたは口のくらさなる
やまぶきにこゑのかたまるのどぼとけ
菜の花は触れ合ひながら隠し合ふ
よぎるものあつめて太しかたつむり
うすれつつ雲はながれて蟻の恋
のうぜんのひらきはじめを手が揺らす
あまる雨つぶあさがほの紺しぼむ
墓洗ふためのうすくてきいろい布
読みものの目を鶏頭がいやしけり
ぶだう園あけがたまひる夜はうすく
ねしづまる奥に柳の散つてゆく

踊りに来た人

小津夜景

言葉というものはそれぞれ、音や見た目にも魅力がある。小津夜景は俳句の外の国から来て、ここで言葉を踊らせる喜びを知った。今まで小津のなかに蓄積されてきた言葉や概念のすべてが、筋肉であり、色気であり、振り付けであり、衣装だ。初めから全部揃った人が、ダンス会場に来てしまった。もう誰も止めることはできない。

〈**あたたかなたぶららさなり雨のふる**〉。なんにもない日があたたかく、「たたかな」「ららさな」と歌っていれば、そこに雨が降ってくる。「なり」「のふる」の文語体によってnとrが響くなかに、さっきの「ぶ」が「ふ」として再び現れるのも面白い。ひらがなで書かれた「たぶららさ」や「かーさびあんか」。それらは白紙状態であることやホワイトハウスという意味を脱ぎ、それももちろん匂わせながら、俳句のなかで元気にしている。〈**もみあげの風を古巣としてわれは**〉。「もみあげの風」という言葉のなんとおもしろく素晴らしいことだろう。

ぼんやりそのまま

相沢文子

〈**水色の洗濯ばさみ鰺を干す**〉。「鰺　干す」でグーグルの画像検索をしたら驚いた。水色の洗濯ばさみで鰺が干されている！　白や黄色の洗濯ばさみでも干されていた。干し網に並べたり竹串に刺したりして干すものだと思っていたが、手軽なやり方が編み出され、今や鰺も洗濯ばさみで干せる時代。それにしても「水色」のリアリティよ。〈**籐椅子に置かれたままの粗品かな**〉。粗品といえば薄いタオルかボールペンか、本当に粗品である。家族がどこかでもらってきた粗品は、やはりあまり興味のないものだったらしく置きっぱなし。「籐椅子」は背もたれが籐で編まれているから、そこに置かれているものもよく見える。籐椅子に粗品。ああ、簡素！　俳句以外では作品になり得ない素材の組み合わせだ。相沢文子の写生は、世界の隅に目が行き届く。文子さん自身はぼんやりしたおもしろい人柄で、日向ぼこをしながら足が伸びてほしいと思ったりしているようだ。

宮本佳世乃
大人には見えない友達

俳句友達何人かでプールに遊びに行ったことがある。みんなでウォータースライダーの階段を上がって、ひとりずつ滑った。着水した順に次の人が流れ出てくるのを見物する。私のあとに友達が次々流れてきた。そのとき、ちょっとほっとした。**〈ともだちの流れてこないプールかな〉**を思い出したからだ。水流があってみんなが回遊する「流れるプール」での俳句だとは思うが、どちらにせよプールで友達と離れて会えなくなることは、ほかの遊園地などと違って、友達の水死を予感させる。

宮本佳世乃の俳句は、小さいころの友達みたいだ。相手をしてあげないと、座敷童子のように心の中をかき乱して遊んでいくのが、ときに悲しい。**〈水澄むやあとはバドミントンでいい〉**。バドミントンってさ、遊びとして微妙に高度ですよ？　秋の澄んだ水を背景に、わがままを言って笑って、そのまま透き通ってしまいそうだ。もしかすると大人には見えないかもしれない、と思う。

小川春休
おじいさんみたいな目

縁側に浴衣のおじいさんがいる。よく見たらけっこう若い。でもずっと目細めている。たぶん、この人が感じてる時間はすごくゆっくりになっている。

〈月の客吊り玉葱をくぐり来し〉。名月の夜に、うちの前に吊ってる玉葱をくぐって来るお客さん。玄関から入って来てるんじゃなくて、いつも庭からそのまま居間に来る茶飲み友達か囲碁友達ってかんじ。「月の客」っていう言い方が粋ですよね。**〈寒し寒し集合写真早う撮れ〉**、新年の家族写真かな。「はやく」じゃなくて「はよう」なのがおじいちゃんっぽい。**〈水鉄砲水入れる間も撃たれつつ〉**、これは山口誓子の〈スケートの紐むすぶ間もはやりつつ〉のパロディーでしょうけど、はやくスケートしたくて仕方ない誓子の句に対して、水鉄砲に水入れるのが遅くて、すでに子供に撃たれているのが春休句。俳句的な言いまわしによって時間を引き延ばし、笑える「間《ま》」をつくるのが、春休さんのおもしろさです。

わしづかみと漫画っぽさ

西山ゆりこ

西山ゆりこは、みなぎる体力をそのまま俳句化させる。〈**知らぬ子の声に乳湧く青嵐**〉、母親である自分を詠んだ俳句のなかで、産後のおもしろさを見たのは初めてだ。ちょっと切なくもあるが、率直なのがいい。〈**駆け回る子に夏帽で蓋をする**〉は、「蓋をする」が笑える。駆け回って母のもとを通るとき、夏帽をむぎゅっとかぶせられた子は、いったん縮むように見える。サザエさんのような、漫画を思わせる描写。〈**振り向いて野次にこたふる草相撲**〉。行司「はっけよーい！」野次「負ーけーろ！負ーけーろ！」俺「うっさい黙れ！」母「前向きんさい！」俺「わかっとるわ！」行司「ごほん！はっけよーい！」の繰り返し。これはギャグだ（笑）。〈**ゴールデンウイークありつたけのアクセサリー**〉、安くてじゃらじゃらのピアスも、高かったけど絡まってるネックレスも、全部出してみて考える。このキラキラした五月の連休に、何つけて遊びに行こうか、と。

近くを描いて遠くに響く

トオイダイスケ

私はまず、俳句作家トオイダイスケを知った。そのあと彼がピアニストであり、ベーシストであり、音楽をつくる人でもあると知り、たまにライブに足を運ぶようになった。つくづく思うが、現代の俳句における音の感触については、もっと語られていい。トオイと同じ結社「澤」の榮猿丸、村越敦とも共通する、この人たちの卓越した音への感覚は、これからの俳句に欠かせない。俳句は音の詩である。

〈**夏めくやバンド名バスドラムに書く**〉。夏らしくなって、ようやく俺たちのバンド名が決まった。まずはバスドラムに書こう。音楽活動の夢と希望、挫折や解散までのすべてが、この一句から始まる。「バ」の繰り返しと句跨りによる弱起のグルーヴ感が、バスドラムを打つ音と重なる。〈**この秋の草の香よ東京に満つ**〉、前半のカ行音の打ち込みで溜まった力が、トーキョーという音で解放され、草の香りは句の全体と、東京の全域に満ちる。

小川楓子

泣き出しそうに笑うね

〈色鳥来さてもみじかいスカートだな〉。秋に色とりどりの小鳥が渡ってきている。デートだからと短いスカートをはいてきた君を、「さても」で茶化す下心の明るさ。**〈永日のきみが電車で泣くからきみが〉**。春の日永、せっかくの休日の帰りの電車で、ぼろぼろと涙をこぼす君。乗り換えるはずの駅でも降りられず、おろおろと、きみが、きみが、と言い終われない。

私は選句するとき、その人に恋します。が、ぶっちゃけ楓子さんと本当に恋愛したりしたら、日々が輝いて仕方ないと思う。「話して」「しぐさして」とせがまれ、心を触られるかんじに加え、楓子さんがいろんなものにキュンときているにことに、毎度キュンとする。**〈寒いなあコロッケパンのキャベツの力〉**。一緒にコロッケパン買って。これコロッケはちっちゃいのにキャベツの力がヤバいねって。言いながらデカい口で食べて。口デカすぎやろって笑いたい。面白くて、かわいくて、泣きそう。

野口る理

恥じらいの王女

「葡萄めが、わたくしの瞳になりたいとでも?」「梅園を歩くんですから、女中くらいつけていただきたいわ」「お前を家来にしてやったおぼえはありません」「俳句なんて恥ずかしいことをまたやらせようって言うの?」お願いします。王女だからこそ書ける句があるのです。命なき獣どもでさえ、**〈襟巻となりて獣のまた集ふ〉**と書いていただき、ブティックに集まって喜んでおります。王女のおやつはニューイヤーといえどもクッキーですから、**〈チョコチップクッキー世界ぢゆう淑気〉**。新年の静謐な空気が全世界を包むとともに、このリズムと拗音で我々をハッピーな気分にさせてくださる。あ、「チョコチップクッキー」と「世界ぢゆう淑気」って、似ておりますね。この世界はすべて、王女のものです。どうか奔放につまみとって、言葉として我々にお恵みください。え、「気が向いたら」って? そうおっしゃらず。民は言葉に飢えておりますゆえ。

中山奈々

飲酒する子供

酒を飲んで子供のように甘える人というのがいるが、中山奈々は、子供が酒を飲んだような人だ。〈**きみんちのわけわかんない秋はじめ**〉。人様の家で「わけわかんない」とは大人は言わないし、そう思ったとしても、大人はそのまま俳句にしない。「汝が部屋に見知らぬ秋の来りけり」とかにする。〈**蓬摘むけふ洗顔の記憶なし**〉、忘れるなよ！　もっかい洗ってこい！　子供であっても、率直であればあるほどいいとは限らない。しかも、シラフになると当然のように大人びたことを言う。まるで、子供がどこかで大人の作法を覚えてきたかのような言いぶりだ。〈**春寒の無礼を別の人が詫びる**〉、それ、君の無礼！　それを私が詫びてんの！　どうしようもないんだけど、そこが愛しくて、それは中山奈々でしかない。

俳句では主語が省かれることが多く、それゆえ作者＝作中主体とか、いやそうとは限らないとかいう話になる。でも、奈々の句は、作中主体も奈々じゃん！

村越敦

余裕とポエジー

熱々の餃子を前にして、〈**冬麗や金塊に似て焼餃子**〉。お前、社長かよ（笑）。よっぽどいい餃子なのかもしれませんが、たかが餃子を金塊に喩える妙なＶＩＰ感。〈**満月に是れ風花と言ふ他なし**〉、かっこよすぎじゃろ。「風花」は冬晴を舞う雪片のことなのですが、冬満月に照らされてちらつく雪を、（夜だけど）風花と以外言いようがない、という巧い句。しかし「是れ」「言ふ他なし」、その余裕ぶりは何（笑）。静かにバランスとっている句ばかりかと思えば〈**音消して怖いシーンやちやんちやんこ**〉みたいな句もあり。なにが「怖いシーンや」だよ！　中七の「や」で俳句らしさを挿入してるのがウケる。面白がる素材をチョイスする幅とセンスのある人で、「偽ルイ・ヴィトン」から「去来墓所」まで、懐の深さと構えの大きさが知的な上、叙情が効いて響くんだな。響くといえば長音づかいの名手で、読んでいて気持ちがいいのも特徴。〈**日本にカレーありけり深雪晴**〉。

いっつも笑かしてくる
黒岩徳将

毎朝ワシが庭で水やったりしとると、走りながら話しかけてくるヤツがおるんや。「おはようございます！」と散った桜も掃いて集まると花屑らしくなりますね！」とかな。スーツやから一応仕事行っとるんじゃろ。こないだ休みの日もえらい早くから出てきて、「おはようございます！　今日は句会です！　おっちゃんも俳句やりませんか？　高校生も来るんですよ！」とか言うとった。

おっちゃん、そいつの名前は黒岩徳将です。最近は朝から句会してるらしいです。〈**子規の忌の饂飩が繋ぐ皿と喉**〉、これは焼うどんでも食ってて、皿と喉を饂飩が繋いでる、って、さもいいかんじに見える言い方した句。〈**夜のシャワー俺が捕つたら勝つてゐた**〉、これは野球の句、9回裏やからおっちゃんもこの悔しさわかるやろ？　シャワーで見えんけど涙も流れてる。黒岩はなにしろ発見が得意。たいがい俳句のお題かリアクション求めとるから、たまにはおっちゃんから話しかけたって！

不器用な怪獣
宮崎莉々香

へんなヤツがいる、と思った。意味がわかる、ようでわからない、ようで、やっぱりわかる。〈**空腹のあたまに梅の咲いてゆく**〉。空腹のひとのあたまの上の梅が、一輪ずつ咲いてゆくのだろうけれど、これでは腹とあたまが直結していて、頭から梅が生えているみたいだ。でも、そうなのかもしれない。〈**ねむる鳥しりとりしりとられつづく**〉。鳥がねむるあいだに、しりとりはしりをとられてつづいてゆく。自分もねむい。夜はつづく。〈**降らしつつ山はその実を忘れゆく**〉。山の木は実を降らせる。それらが山を出ていってしまうわけではないのに、山は実を忘れていくという。ひらがなの多さから、阿部完市や福田若之、もしくは鴇田智哉っぽい？　と思いきや、そうでもない。宮崎の句には仕掛けは少ないし、かしこい人たちが喜ぶようなわからなさもない。

何かを摑むパワーはあるけれど、こうとしか書けない切なさ。宮崎莉々香は、不器用な怪獣なのだ。

コラム

どうして季語はすごいのか

ただ「梅」とだけ書かれていたとき、ふつうなら梅味の何かかな、くらいにしか思わない。ところが、俳句のなかで「梅」とあれば、初春の季語として書かれている場合が多い。お、季語だ。そう思ったら、梅の花を見たことがある人は、梅の花を今ここに感じてみましょう。花びらの薄さ、蕊の可憐さ、香りや枝ぶり、その時期の寒さまで感じちゃってください。「梅」とだけ言うと花の梅ですが、梅の実のことも少しは思い出していいです。

「梅」という季語で俳句をつくろうというとき、「梅」が今まで俳句にどう詠まれてきたかを知ることができます。「歳時記」と呼ばれる季語辞典に、例句として、今まで詠まれてきた俳句の代表例が掲載されているからです。どれどれ、芭蕉は〈**梅が香にのつと日の出る山路かな**〉。ほほう、梅の花の香りと日の出の句か。「のつと〈のっと〉」って言い方はおもしろい。中村草田男は〈**勇気こそ地の塩なれや梅真白**〉、こりゃまた濃い句だわ、梅も「真白」とまで言われれば力強い花になるね。こんなふうに、誰でも名句を勝手に鑑賞できます。さらに梅といえば、菅原道真の〈**こち吹かば匂ひおこせよ梅の花あるじなしとて春を忘るな**〉を思い出す人もいますね。

「梅」という言葉は、古い和歌にも詠まれています。現在は、俳句で「花」とだけいうと桜を指しますが、昔は花といえば梅だったんですって。言葉は書かれるたびに、雰囲気や情報が付加されていきます。季語は、言葉のその性質を生かして、短い俳句を読む手がかりになっているのです。

そして自分がこれから書く「梅」の句も、この「梅」という季語のもとに連なることになります。すでにみんなが書いてきた「梅」を、今どう俳句にするか。全然違うものと組み合わせる手もあるし、芭蕉の句を匂わせつつ展開するやり方もあります。季語が入った句をつくることは、その季語をどう更新するかという挑戦です。

でも、それとは違う挑戦をしてもいい。季語がない俳句は無季俳句と呼ばれます。これもかっこいいんです。

II

かっこいい

堀下翔

エヂソンの天才の夏来りけり

肉声の日々なり麦が笛になる

林が疎まつすぐ行けば水芭蕉

冷えながら届く日差やあやめぐさ

涼しさや持てばしをれて仮名手本

水を汲むブリキの夏を痩せにけり

ほりした・かける　一九九五年、北海道生まれ。現在、筑波大学に在学中。二〇一四年、第六回石田波郷新人賞。「里」「群青」同人。北海道から茨城に転居したら植生が変わった。歳時記に載っている植物の実在を知り、俳句は専ら外で書くようになった。

流さるゝ牡丹を音と聞きしのみ

柿の花石白く水湧きにけり

ぎぼうしや氷を入れて桶くらき

鮎季の峠に雲の浮き古りぬ

花柚子や日記閉づれば明日近し

鯉の肌濃く鷺草の横にゐる

桜の根蛍袋を打ちにけり

曇りつゝその雲うすし夏鶯

蜘蛛の糸あふひに触れて張りつめぬ

くさ〴〵をみづの慕へる日焼かな

濠めぐる大きな水よ夏薊

エアコンをとりつけて目を動かして

赤塚不二夫忌おほぜいのゐる木のむかう

浜みちの人出に芙蓉うろぐらき

牽牛花こゝろに長くそなたゐる

何回もすゝきの前で写真撮る

山ごばう実はにじみ合ひさはり合ひ

りんご採る手に雨粒のなだれ込む

明けながら嵐となりし通草かな

足揉むとやはらかくなり扇風機

昼寝覚いくつもたより来てゐたる

人逝きて山いたゞきの絵茣蓙かな

夏菊をはなれぬ影が花桶に

ぶつかる魚夏はこほらぬみづの中

一度だけ心も泳ぎゐたりけり

田一枚夏といふ夏過ぎにけり

さはやかやほとけ見ることいくたびも

二階から楡にさはつて秋はじめ

きちかうや黒いパジャマで出歩けば

厚き水日にあきらかや墓まゐり

となり合ふカンナ互ひの影かくす

にはとりの急ぎをる藤袴かな

日時計の石痩せにけり秋燕

顔痩せて次なる菊を持てりけり
茶の花へまなざし遠くしてをらる
来る舟に夜の先んずる霰かな
あかるみに浦のさめゆく龍の玉
云ふまでのその降りやうや明の雪
手にしたる笹より雪の落ちにけり
宿出でて春の入江の横しぐれ

かたはらの野菊を踏めば靴の照る
秋風やかはうその尾が川のうへ
空の高さやそのことを君に云ふ
水甕に喉元うつる榠樝の実
樅の木や月のまはりに夜の痩せて
濡れてをる柘榴やあれはさつきの雨
知つてゐる言葉で書けばすゝきかな
たよりして吉備のしたしさ秋の暮
冷えし菊袖口に腕さはりけり
洲歩けば梔子の実の流れ来る
水くらくあをぞらうつす松ぼくり
大仏の胸のうすさや冬の川
をしどりのおぼえのこゑのつたなけれ
握りたる手摺に雪のあつまりぬ

春の雲花入れし炉のつめたさに

熊ん蜂二匹や花を同じうす

地図は木をすみぐ〳〵に書き木は桜

パンジーの黄やうらがはにその黄透く

こひいつもその日のことの燕かな

鯉の息ソメヰヨシノの散りつゞけ

葉まじりの桜へ波の飛びにけり

ひとむらの山藤の葉の氷りゐぬ

氷の端の粒だつてゐるところ

どの木々も林の中や冬帽子

木瓜の寒さやそのゝちの湾の夢

足元に梅捨てゝある仏かな

ふきのたう蘭学以後に辞書あまた

草の葉のはりつく春の障子かな

ゆく水のかぎりは音や春の暮

とびきりの寝釈迦を見せて呉るゝなり

パンジーを見にきし君が木瓜のまへ

かほ暗く桜木に藤のぼりゐつ

くらがりにはしごをしまふ躑躅かな

春を云ふことばうろ〳〵してゐたり

茶づくりのだん〳〵晴れてきてゐたる

読み解き実況

小川軽舟×佐藤文香

郷愁からリアルへ抜ける眩さ

堀下翔 編

小川　私は堀下さんの俳句より評論にさきに親しみました。同人誌「里」で時評を連載していて、非常にしっかりしている。自分はすべてわかってるんだっていう書き方ではなくて、考えながら書いている、あの姿勢がとってもいいなと思って読んでいます。

佐藤　堀下さんは今回のアンソロジーの、依頼した作家の中で一番若い、一九九五年生まれの作家で、現在筑波大学の四年生。同年代に仲間がいるのも特徴です。大塚凱や宮﨑莉々香、青本瑞季、青本柚紀あたりです。徹夜で句会をやったり、語り合ったりしていたそうです。

小川　すごいね、俳句とともに青春があるんですね。

佐藤　昔の作品、今の作品をどんどん読んでは、咀嚼して、技を自分のものにしていくところがあります。

小川　**〈来る舟に夜の先んずる霰かな〉**、なかなかよく考えられている句です。日の暮れるころの湖か、静かな入り江かわかりませんけれど、舟が沖からこっちへ来るわけですよね。空間において舟がこっちへ来るという軸が一つあって、その一方で昼から夜へ時間が進むという軸も、一句のなかにある。その二つの軸が重なって、舟が夜に追い越されてしまった。こうして説明すると面倒くさいんだけれど、それをレトリックで自然に納得させてしまう手際がいい。二つの軸の交錯したところにちょうど幕が降りるように霰を降らせたところも実に鮮やかでかっこいいなと。姿かたちはきわめて古典的ですよね。

佐藤　けっこう文語のなかでもテクニカルな言い回しを使う。文語に貪欲、とでも言いましょうか。

小川　かなり古い俳句を読んでると思いますね。とくに霰の前で軽い切れがある「かな」の使い方って、俳句独特の使い方ですからね。それをしっかり使いこなしていて、内容は古風なんだけど切り口が新鮮でした。

佐藤　**〈熊ん蜂二匹や花を同じうす〉**、これも「二匹や」で一旦蜂二匹を見せておいてから「花を同じうす」ということで、背景に花が見えてくる。「同じうす」という締め方に、文語フェチ感があります。**〈茶の花へまなざ**

し遠くしてをらる〉の「をらる」なんかもこの人っぽい書き方です。先生のような人を写生したのかな。

小川　スターウォーズのヨーダみたい。茶の花がいいですね。堀下さんはすごく田中裕明の影響を受けていると感じました。〈**エヂソンの天才の夏来りけり**〉は、裕明の〈エヂソンの竹なる竹を伐りにけり〉を思い出させるし、〈**昼寝覚いくつもたより来てゐたる**〉や〈**さはやかやほとけ見ることいくたびも**〉なんかも、まさに田中さんが若いころやってた世界です。若くして老成した俳句をつくる人共通のものがあるのかな。でもそこから田中さんは変わっていったわけだし、彼もまた変わっていくんじゃないかな。こんなに早くしてかっこいいレトリックを身につけていることは羨ましい限りです。

佐藤　それでいて、〈**何回もすゝきの前で写真撮る**〉、これは全然かっこいい句ではないんだけど、なんか感動屋さんなかんじがして、学生時代の今日の日を何度でも記念にしたいというようなニュアンスが出ていて好きでした。

小川　〈**知つてゐる言葉で書けばすゝきかな**〉というのも面白いなと思いましたね。知っている言葉で書けばすすきなんだけど、でもそうじゃないすすきの書き方があるんじゃないかということかな。あとは、〈**赤塚不二夫忌おほぜいのゐる木のむかう**〉という句が気になりました。この句、私の世代だとものすごく共感できるんです。物心がついたときにはテレビでおそ松くんをやっていて、私も含めた当時の子供達はみんな、カメラを向けられると「シェー」ってやってたんです。私たちが生きていた時代そのものが、この句の木のむこうにあるようなかんじがして。すごく惹かれる句なんですけれど、若い堀下さんがなんでこれをつくったのかが不思議で。

佐藤　昭和が大好きで、赤塚不二夫や藤子不二雄など、昭和のポップカルチャーに興味があるようです。徳川夢声とかも好きで。メールのアイコンはのらくろだし。

小川　たしかに彼は、私の世代のことを私が書いた『現代俳句の海図』を熱心に読んでくれているみたいで、その世代と自分たちの世代を引き比べて論じてることが多いんですけれど、それは昭和愛が背景にあるわけですね。

佐藤　そうですね。堀下さんには、郷愁からリアルの世界へ抜ける、眩い力があります。これからも、作品、文章ともに、それを生かしていってほしいと思います。

藤田哲史

秋風や汝の臍に何植ゑん

我も汝も秋冷のもの汝を抱く

きつつきや缶のかたちのコンビーフ

薄給やさざんくわ積める芝のうへ

或るひとの今は生前竜の玉

初富士に天の分厚しかつ青し

ふじた・さとし　一九八七年、三重県生まれ。第六回俳句甲子園準優勝。高校一年時に同級生十人と作句開始。東大学生俳句会幹事を務めつつ、俳句結社「澤」に入会。二〇〇九年澤新人賞受賞。共著に『新撰21』。現在、無所属。

水澄むやさげすみあひて一家族

名月に箸置くことを友と我

秋出水いちじくの葉のたれこんで

セイタカアワダチサウ茂りセダンにラジオ老ゆ

風の日は回転木馬に冷ゆる腿

くわりんの実雲の静止を信じて見る

傷もののオリーブ搾る砌《みぎり》かな

柊やきのふの浜の犬の舌

落葉して猫太りしか抱いてみん

運転任せ我は眠らんジャケットに

水涸れて彼らはコハイモノ知ラズ

天体が引き止めあへる冬と知る

花過の海老の素揚にさつとしほ

星の窗《まど》新樹の窗ととなりあふ

泳がねど先生水着笛を吹き

熱帯夜字幕隠れに女優の口

アイスコーヒー空青きまま夜に入る

菊白し彼が貸し出す去来抄

一人との往復書簡後の月

ジャンパーのワッペン厚し東京都

もの思ふ雪の厚みの徐々に徐々に

日脚伸ぶ差す日は椅子を温めず

ペリカン翼に己が身叩く春の風

人と会ふ三月三日手渡す稿

花冷や旋盤工に銅の塵

回国王臣鏖《みなごろし》豆の花

ととのへる茂みに妃そしりゐん

夏館てのひらよりも小さき絵

衣更鏡は欅映しをり

アイスコーヒー氷を避けて下降の乳

ハンモック手帖に文字を足しにけり

犬の見る夜の凌霄花を我は知らず

休暇明机上の眼鏡日をあつめ

そして木が榠樝を容《かたちづく》るころ

凩に聴取る声は鷗かな

和解あり乳白色に冬の薔薇

スリッパは滅菌済みの夕霞

忘れまたふかく眠りぬ竜の玉

霙とは雪のつもりのうすあかり

日永なり光の束が手に直に

今は秋教会屋根の銅の蒼

糸瓜棚荷物少なく傘はなく

淋しい日セダンの上を蔓《つたかずら》

追熟の卓の榠樝をつかめる手

洋梨に縦一本の傷がある

咳止のペパーミントを夜業に得て

凩の行来を止める木はないか

小雪の夕一瞬雪をなす

窓寒しテープで留めて幾写真

改札を訃に急くモッズコート紺

ラグビーを観て叫ぶかな君僕彼

話しつつ鍋焼うどん麩を彼に

冬籠君の寝言を彼は解す

一本の欅を軸に雪が舞ふ

挽く胡椒皿に跳ねると新樹の夜

見て白い明け方の町夏休

避暑旅行の記憶全てが蒼くあり

髪にしたシガーの匂ひ避暑の木々

ともにした帰省は零時着の便

見送りにゆくときの虹とはかなし

眩さはプール帰りに見た鷗

降る全て紫紺の湾に溶け入る雪

雨がちに三寒四温さて明日は

のどかな日クッキー・番茶・居候

のどかな日ロールケーキが横たはる

吸殻や卒業見込その確かさ

花どきのアパート探し川に花

弟の室内履きに散り込む花

薄暑なり自身の腿に置くルーペ

夜の町宙はその日の暑を容れて

水面の凹み凹みは白雨かな

ものうさは欅が覆ふ夏館

等閑のコーヒーに膜蓮育つ

帰省した足で余呉湖の辺りまで

夏のもの紺のコンテに汚す手は

読み解き実況

小川軽舟×佐藤文香

現代語が俳句を構成する道

藤田哲史編

佐藤　前半は文語で書いていた「澤」のころの句です。〈**秋風や汝の臍に何植ゑん**〉はその時代の代表句だと思います。臍に種を入れて土をかけて水をやって、そこからにょきにょきと何かが生える女体を想念のなかに持ちながら、汝の裸体を見ていて、そこに爽やかな秋風が吹いている。そもそも臍を見たときに臍を何に使うか、なんて思いもよらないです。句のかたちはかっこよくできていながらちょっとキモいのが面白い。

小川　私は次の句の方がずっと好きだけどなぁ。〈**我も汝《なれ》も秋冷のもの汝を抱く**〉。普通だったら「秋冷や」とかにして俳句にするんでしょうけど、私もあなたも秋冷のものである、という言い方は面白いですね。

佐藤　〈**花過《はなすぎ》の海老の素揚にさつとしほ**〉は『新撰21』の一句目で、これも発表当時から注目された句です。

小川　これを見たときは本当にやられたというかんじでしたね。「花過」の季語も完璧だと思うし、「さつとしほ」と旧仮名で書いたときの味わいというのが、ほんとに小憎らしいほど決まっていて、まさにこんなかっこいい俳句はないと嫉妬を覚えました。実際は居酒屋の川海老の唐揚げとかなんでしょうけれど、この世のものとは思えない上品な海老の素揚げになっています。

佐藤　そこから〈**そして木が榠樝を容《かたちづく》るころ**〉みたいな句が出てきます。本書の句の並びは、制作順に関わらず、四季を一巡するように並べているんですが、藤田さん他何人か、作風によって二巡三巡している人もいます。この句は「そして木が」という散文的な始まりに痺れました。〈**花過の**〉のような句をつくっていた人が目指していたものではないかっこよさにシフトしている。「週刊俳句」で藤田さん自身、「現代語と俳句との語法の隔たりに戸惑い、取り合わせより微に入る鑑賞ができないことに歯がゆさを覚えた」「やがて何年か経って、現代語を用いて俳句を再構成することは可能かという命題は私が俳句をつくるテーマの一つとなった」と書いていて、それが作品にこう表れたのか、と思いました。

小川　それはなかなか苦しい、長い道のりでしょうけどね。俳句の伝統的な型と藤田さんの若さが、すごく幸福なかたちで結びついたのは、三句目の〈**きつつきや缶のかたちのコンビーフ**〉という句だと思いますね。これはとても好きな句ですけれど、たぶんこういう句は藤田さんだったらいくらでもつくれたんじゃないかなぁ。でも、そうじゃないところへ行こうとしたということですかね。「そして木が」、ねぇ。かっこいいかなぁ。

佐藤　〈**髪にしたシガーの匂ひ避暑の木々**〉〈**ともにした帰省は零時着の便**〉、言ってることは男友達同士の世界、青春懐古だと思うんですよ。でも、この「した」という言い方は非常に口語的です。髪にシガーの匂いがした、ともに帰省をした、という語順が本来なのに、「髪にした」とか「ともにした」という切り出し方を俳句に導入することは、新しいのではないかと思ったんです。

小川　今、藤田さんはいくつくらいになるんですか。

佐藤　今年三十歳になります。生駒大祐さんとは高校の同級生で、藤田さんの方がさきにデビューしたかたちだったんですが、藤田さんは就職して三重に帰ることになり、一旦俳句仲間の前から姿を消しました。ただ、その間もずっと、俳句のことを考えてたみたいです。今回、私が知らない間の彼の変遷を見て、心底嬉しかった。生駒さんと藤田さんが新しく書いては見せ合ってお互いを面白がる、これからも、そんな俳句を読みたいです。

小川　不思議なもので、しっかりした文語で書いていたときの方が、青春性が香っています。この「髪にした」とか「ともにした」のように文語をゆるめたときに、何か青春のあとの物憂さのようなものが出ているような気がします。〈**見て白い明け方の町夏休**〉というのも、初期のころのしっかりとした文語の書き方に比べるとゆるいですよね。それが、「夏休」と言いつつも、青春をもう終わろうとしている物憂さを感じさせます。

佐藤　〈**我も汝も**〉の句の「のもの」という言い方が、〈**夏のもの紺のコンテに汚す手は**〉で、また出てきてるんです。違う印象の「のもの」です。私はこっちの方に可能性があるような気がして。俳句的な完成形を簡単にものにしてしまった作家が、ここからどうするのかを追うのは、俳句の未来を見ることなんじゃないでしょうか。

小川　かつての藤田さんとだいぶ違う句が出てきたことにちょっと戸惑いましたけど、見守ってみたいですね。

藤井あかり

窓越しに君には見ゆる冬の雨

言葉より蛇の髯の実が今は要る

綿虫に人の眼の満ちて引く

落葉道二度聞きとれずもう聞かず

咳きて崖下を覗きこむごとし

言の葉は水漬いてゆく葉冬の鳥

『封緘』

ふじい・あかり　一九八〇年、神奈川県生まれ。学生時代、鎌倉文学館にて俳句に触れ、句作を始める。二〇〇八年、「椋」俳句会入会。石田郷子に師事。二〇一六年、句集『封緘』にて第三十九回俳人協会新人賞受賞。

突きつめて冬鶯は我の声

掌へ綿虫死にに来るらし

諦める芙蓉の枯れてゆくやうに

己が手のふと恐ろしき焚火かな

おぼえなき毛布の中に目覚めたる

着膨れて鳥の鼓動となりにけり

逆光の人と話せる枯野かな

曳いてゆく水尾のごとくに風邪心地

疲れたる人に水鳥寄りやすき

みづいろかうすむらさきか蝶凍つる

寒林を出ること急ぎすぎてゐる

肯へり枯蔓を引くちからもて

『封緘』

我がものになるまで見つめ藪柑子
探梅のまぶしき顔はさびしき顔
春浅し傘閉ぢて人寄らしむる
はくれんを好きな理由を思ひ出す
花過の鳥よぎるたび窓の古る
この部屋や窓から枇杷の実を捥げる
脱ぎきたる靴の遥けき裸足かな

君の抱く兎を嫉みゐたりける
冬川原独りになりに来てふたり
二本《ふたもと》の裸木のありわかりあふ
冬日向会はねば輪郭を忘れ
羽もなく鰭もなく春待つてをり
梅林つんざく鳥の声を待つ
今日はもう日差かへらず蕗の薹
野遊の一人だけ寒がつてゐる
猫柳ほどには君を慰めえず
飼ふならば樹の頂の春の鳥
菜の花や人ゐなければひとりごと
伏目がちそのまま蓬摘みはじむ
ペンをおくとき本当に春終る
呼鈴を深く押したる薔薇の雨

長身をもてあますとき秋蝶来
生けられて花入よりも冷えてをり
つぶりたる瞼のずれや冬芒
山茶花やいくたび訪へば通ふなる
すれ違ふことのない木々十二月
桗《ひさかき》の花知つてゐたはずの花
鳥去りて羽ばたき残る春の川

『封緘』以降

老鶯の声は振りきらねばならず
青梅や傘畳むとは人悼む
我のいまどんな顔して蒲の中
君家に着きたる頃の雷雨かな
硝子砕けて昼顔の映りゐる
向日葵を切断面と思ひゐる
もの書けば余白の生まれ秋隣
風やめば風を悼める桔梗かな
ゐのころの覚束なきに立止る
もつと知りたし鶏頭に佇つ人の事
花野ゆく呼ばれ続けてゐるごとく
コピー機の光露けく走るなり
握り潰せる無花果を剝きてをり
秋の湖遠まなざしのまま着きぬ

春惜むみづからを樹と思ふまで

夏雲にいくたび翳るカトラリー

白粉の花のあるいは目の歪み

山茱萸の実に触れて手の蘇る

花野への道を教へてもらはねば

芋の葉の遠くから胸塞ぎくる

胸に森その一本に鵙来る

『封緘』以降

雪蛍汝が息を通りけり

頂の寒さを知るために登る

扉を叩くための拳や春北風

踏み外すなら紅梅に見入るとき

猫柳手をあたためてから触れる

うつむけば胸翳りたる茅花かな

はくれんを目覚めの羽と記しおく

菜の花や拭ふすべなき目の曇り

目隠しを取りたるやうに花の前

受話器の向うに夏霧の湧いてゐる

滝の前隣の人を忘れゆき

冷やかに雨より高き塔のあり

洗ひたる手をまだ洗ひ秋の水

秋水に真つ暗な顔映りけり

読み解き実況

小川軽舟×佐藤文香

翳りのなかの幸福感

藤井あかり編

佐藤　〈**長身をもてあますとき秋蝶来**〉、この長身はご自身のことだと思うんですが、胸を張って生きてるタイプじゃないかんじがします。もうちょっと背がちっちゃければよかったのになぁって思ってるんだけど、でも長身の自分だからこそ見える範囲に秋蝶が来て、励まされた。作家には、精神的にプラス寄りの人、マイナス寄りの人がいますが、藤井さんはどちらかというとマイナス寄りで、でも梅に出会えたとか、鳥が来ていてかわいかった、みたいな、ちょっとプラスにいく瞬間が俳句になっている。藤井さんには、季語ひとつひとつが宝物に見えてるんじゃないか、と思います。

小川　そういうかんじはしますね。石田郷子さんに師事して俳句を勉強して、もちろんその石田さんの影響は濃く感じるんだけど、石田郷子さんは〈来ることの嬉しき燕きたりけり〉のように、基本的にとても幸福な句を書かれるじゃないですか。藤井さんの方がずっと陰影が濃いですね。精神的な陰影が。

佐藤　ご本人が、自分の句が全部冬の句のように感じられるとおっしゃってました。『封緘』も冬始まりです。

小川　〈**夏雲にいくたび翳るカトラリー**〉、ナイフやフォークでなく、カトラリーという言葉がかっこいいですね。これは私も一緒に吟行をしたときの作品でしたが、カフェテラスなんかを想起させる句です。たしかに全然暑さを感じないですね、この句は。すごく暑い日だったんだけど。

佐藤　〈**白粉の花のあるいは目の歪み**〉も、晩夏から初秋にかけての景ですが、うすら寒い、怖ささえ感じます。語彙もやっぱり「聞かず」「古る」「翳る」など、マイナスな気分から手を引かれているようなものが多い。

小川　でもそれが、暗くてこっちも気持ちが沈んでくるっていうんじゃなくって、翳りが安らかなかんじがしますね。読んでいて気持ちがよくなるというか。そこが不思議な魅力ですね。

佐藤　一句だけ見るときれいな句だな、と流してしまいそうな句もあるんですが、何句も続くと、淋しさを下地にして輝くものがある。テンションは一定なのに粒ぞろいで読み飽きない。俳句に対する情熱がすごいんだろうと。届かないものに手を伸ばし続けるようなイメージもあります。私が一番好きな句ははじめ二句で、**〈窓越しに君には見ゆる冬の雨〉〈言葉より蛇の髯の実が今は要る〉**、両方とも助詞の「は」が肝になっています。君と同じ部屋にいて、自分は寝てる、あるいは座っていて、君は立ってるから、君には窓から冬の雨が見える。または、遠くて天気が違うから、君の部屋からだけは冬の雨が見える。いずれにしろ君だけに見えている冬の雨を、自分は知っている。季語「冬の雨」の捉え方がいい。

小川　雨を見ている君を、作者は思っているわけですね。

佐藤　**〈言葉より〉**の句は、言葉より実が要る、じゃなくて、「今は」が挿入されているのがいいと思います。ゲームでアイテムをゲットして敵を倒したりしますよね、この場合「言葉」も「実」もアイテムなんだけど、今要るのは言葉じゃなくて実の方で、実じゃないと倒せない敵がいるような、どちらも現代的な感覚で書かれている。

小川　寓意的ではあります。蛇の髭の実は龍の玉のことで、瑠璃色の実ですよね。それそのものであると同時に、それに喩えられた何かというかんじもします。**〈落葉道二度聞きとれずもう聞かず〉**が好きですね。これはかわいい句だと思いますけど。

佐藤　これかわいいですか？　悲しくないですか？

小川　うん、かわいいよ（笑）。二回聞き取れなくて聞き返して、まぁいっか、って。幸福感ありますよ。

佐藤　二度も聞き取れなくて、次聞き返したらウザい人と思われるからやめようってことかと……。

小川　違う違う。聞き取れなくてもわかり合えてるってことなんですよ。

佐藤　藤井さんは「私は私は」って言わないタイプの人なんですが、でも心が滲み出してくるところが、悲劇のヒロイン気取りじゃなくて、本当のヒロインの心の中の世界みたいで、それがかっこいいなと思いました。

小川　たしかに見ている側の立場ですね。見ている対象、世界を通して、その反映として私が映し出され、それがすぐ翳る。佐藤さん、結構熱くなりましたね（笑）。

佐藤　私は藤井さんと心が通じてる気がしてるんですけど、誰にも理解されないいんです（笑）。

髙柳克弘

あをぎりや灯は夜をゆたかにす　『未踏』
名曲に名作に夏痩せにけり
まつしろに花のごとくに蛆湧ける
くろあげは時計は時の意のまゝに
白靴や鷗にかろさおよばねど
洋梨とタイプライター日が昇る

たかやなぎ・かつひろ　一九八〇年、静岡県生まれ。第十九回俳句研究賞。『凛然たる青春』により第二十二回俳人協会評論新人賞。藤田湘子に師事。著書に『芭蕉の一句』など。句集『未踏』（第一回田中裕明賞）、『寒林』。現在、「鷹」編集長。

つまみたる夏蝶トランプの厚さ　『未踏』
五月雨や籠鳥は餌をないがしろ
キューピーの翼小さしみなみかぜ
籐椅子や星をうつさぬ海の面
羽蟻の夜パントマイムの男泣く
揚羽追ふこころ揚羽と行つたきり
うみどりのみなましろなる帰省かな
藪ツ蚊を打ち旅らしくなつてきし
死ねとすぐいふ子に秋の金魚かな
木犀や同棲二年目の畳
林檎割る何に醒めたる色ならむ
秋草や厨子王にぐる徒跣《かちはだし》

胸元に鶏頭が突き出してをる
枯原の蛇口ひねれば生きてをり
枯山や刻かけずして星そろふ
ことごとく未踏なりけり冬の星
どの樹にも告げずきさらぎ婚約す
打つ釘のあをみたりける桜かな
亡びゆくあかるさを蟹走りけり

heurēka《ヘウレーカ》木の実に頭打たれけり
刈田ゆく列車の中の赤子かな
秋深し手品了りて紐は紐
ダウンジャケット金網の跡すぐ消ゆる
着ぶくれてビラ一片も受け取らず
文旦が家族のだれからも見ゆる
諸鳥を落さぬ空や大旦
紙の上のことばのさびしみやことり
蝶ふれしところよりわれくづるるか
桜貝たくさん落ちてゐて要らず
若草にきれいに坐るつまらなし
雨のあとくぬぎの花にすぐ日ざし　『寒林』
孵卵器のつよき光や五月雨
本除けてどこでも昼寝したまへと

風ほそく吹きゐる蛇の卵かな
剝製のにほふ一間や滝の音
神は死んだプールの底の白い線
冷房に黒き想念湧きやまず
藻を踏みて蝦のあゆめる秋日かな
月とペンそして一羽の鸚鵡あれば
一気に寒し運河に捨つる煙草の火

『寒林』

サイダーや草になじめる椅子の脚
サンダルを探すたましひ名取川
夏蝶やたちまち荒るる日の中庭《パティオ》
捕虫網一枝弾きてゆきにけり
見てゐたり黴を殺してゐる泡を
うらがへし猫の蚤取る生きる意味
汗の胸拭くに臍見え君若し
皆既日蝕ゼリーふるへてゐたりけり
馬と眠る旅をしたしよ沙羅の花
ビルディングごとに組織や日の盛
肉喰ひし唇ひかる野分かな
新幹線キーンと通る墓洗ふ
冬青空宇宙飛行士みな短髪
枯野行く歯医者に光浴び過ぎし

寒夜叫《おら》ぶよ自作CD地に並べ
雪投げの母子に我は誰でもなし
短日やクローゼットにおのれの香
春の家すかさず次の日差あり
鳥の骨ねぶりて甘き桜かな
山桜滝衰へて吹かれけり
怒り濃くハンカチ畳みゐたりけり

『寒林』以降

コートのポケット缶珈琲が膝に当たる
ぼーつとしてゐる女がブーツ履く間
鳥の血を一切見せず落葉山
絵の少女生者憎める冬館
姫の死の前に子は寝て暖炉の火
ヘルメット脱ぎし星空霜にほふ
歳晩や次の人打つ酒場の扉
抒情なき絶壁に雪降りやまず
初夢のあとかたもなき梢かな
さへづりや光さしくる雨の芝
諸葛菜小鳥の墓をおほひけり
撃たれたる鳥の恍惚山桜
卓の上伏せし団扇の少し浮く
戸口まで蟹の来てゐる房事かな

『寒林』以降

読み解き実況

小川軽舟×佐藤文香

孤高の俳句王子

高柳克弘 編

佐藤　髙柳さんは一句でイケメンです。とくに『未踏』にそんな句が多いですね。**〈あをぎりや灯は夜をゆたかにす〉〈亡びゆくあかるさを蟹走りけり〉**が好きでした。ドストエフスキーが好きで、高校の同級生で同じ早稲田大学の第一文学部に進んだ澤田和弥さんの勧めで俳句研究会に入ったら、俳句も面白かった、という経緯で俳句を始めたと聞いています。文学から入った人です。どの句を見ても、濃い。イメージの立ち上がりが強いというか。近代文学的人格も見えます。**〈月とペンそして一羽の鸚鵡あれば〉**これは、他の人書けないですよね。

小川　これは文学青年の句ですね。

佐藤　私とはタイプがだいぶ違う作家です。

小川　私ともタイプの違う作家です（笑）。ただ、私も髙柳くんも、スタートは藤田湘子でした。基本的には文語の文体自体を変えようとはしないで、型の力を信じた上で、何を表現するのか考えているのだと思います。

佐藤　文学だからっていうわけでもないと思うんですけど、**〈枯原の蛇口ひねれば生きてをり〉〈神は死んだプールの底の白い線〉〈うらがへし猫の蚤取る生きる意味〉**など、生きる、死ぬについての作品があります。私は死について考えることは多いんですが、死について書こうとするのって、すごく小説的な気がしました。

小川　そうですね。彼の持ち味のひとつは叙情的な文体です。**〈あをぎりや〉**のような句は、つくれそうでつくれないですよ。梧桐があおあおと葉っぱを広げるころ、灯火が夜を豊かにしているというわけですけれど、あんまり内容はないんですよね。ただ、文語でそれをおおらかに言われるだけでほとばしり出てくるものがある。そういう叙情の表出の仕方は彼の天性でしょうね。でも、それだけではだめだという試行錯誤が、彼の俳句をつくっている。現実の生活は幸せなことだと思いますけど、作品については年を追うごとに暗くなっていくかんじがあって、現代社会での自分のありようみたいなところに、非常に意識的に取り組んでいるように見えます。

佐藤　『寒林』のあとがきに「厭世の気分が濃い」と書かれていますが、三十七歳で厭世って早すぎないですか（笑）。一方で「自分はものを書くことでしか生きる実感を得られない人間だと自覚した」ともあります。もっと書いてほしいです。余計なお世話かもしれませんが、一人で流浪の旅にでも出るといいんじゃないでしょうか。

小川　彼は自分でも、実生活と作品に表すものとは違うものという考えでやっていますからね。その上で、現代に生きる者として、この世がこの先どうなっていくのかというところを、実際の生活とは別に、文学として見つめていきたいという思いが強くあるんじゃないでしょうか。どこかの星の王子様がやってきて現代の日本にいるような、歌舞伎でいうと窶《やつ》しの美学みたいなところがあります。〈**名曲に名作に夏痩せにけり**〉とか。

佐藤　〈**まつしろに花のごとくに蛆湧ける**〉なんか、本当だったら気持ち悪いものなのに、言いようですごくかっこいい句になっている。結局美醜みな芸術にして見せる、かっこつけることができる人ですね。〈**打つ釘のあをみたりける桜かな**〉も、別に釘じゃん、「たりける」でかっこよく仕上げやがって、みたいな（笑）。でも、こういう叙情で動かして、ぐっと入り込むタイプの句って、最近あまり書かれないような気がします。

小川　これだけ伝統的な書き方をしていながら、古い世代からはちゃんと俳句のルールを守ってないと言われて。いいじゃないですか、孤高の俳句王子。昭和に生まれた人たちと、今の若い人たちって、家族観とか仕事観、幸福観まで、ずいぶん変わってきているように思うんだけど、バブル崩壊後の世代の厭世感を、一番色濃く誠実に出して、現代を書いている作家だと思いますよ。

佐藤　最近の句だと、〈**ビルディングごとに組織や日の盛**〉、素材の現代性もありますが、人間のつくっている組織、知能でつくられた組織図のようなものにまで日が差しているようで、西新宿っぽいくてかっこいいですね。

小川　でもなんかそこからは阻害されて、炎天下の道を歩いてるってかんじがしますね。

佐藤　たしかに。自分はこの組織には属してなさそう。〈**寒夜叫《おら》ぶよ自作CD地に並べ**〉、ストリートミュージシャンが歌ってる様子に、自分を重ねてるのかも。

小川　そうですね。孤高であるところがかっこいいと思いますよ。

村上鞆彦

枝に蛇ゐて雨の木となりにけり
栗の花雲中に日の白熱す
鶺鴒がとぶぱつと白ぱつと白
山霧の深みて来たる眉根かな
秋草や抱へて膝のなつかしき
短日や梢を略す幹の影

『遅日の岸』

むらかみ・ともひこ　一九七九年、大分県生まれ。大学入学後、「南風」に入会し、鷲谷七菜子、山上樹実雄に師事。二〇〇六年、南風賞受賞。句集『遅日の岸』にて第三十九回俳人協会新人賞受賞。共著に『新撰21』。「南風」主宰（津川絵理子と共宰）。

五月病草の匂ひの手を洗ふ
六月の風に楽譜が落ちてある
林中に蝶の道ありハンモック
花あやめ五人のひとり傘をさす
日盛りや墓群の上の沖の線
蟬鳴いて少年にありあまる午後
秋晴や水にしたがふ藻のゆらぎ
どの実にも色ゆきみちて実むらさき
綿虫や坂かがやきて立ち上がる
コート払ふ手の肌色の動きけり
枯蟷螂人間をなつかしく見る
日向ぼこ目をつむりても池ひかる

『遅日の岸』

討入りの日のマフラーを背にながす
星空のなかを月行く凍豆腐
ガラス戸の遠き夜火事に触れにけり
料峭やガラスの中の新車照る
『遅日の岸』以降
流し目をさそへる蝶のよぎりけり
流木に蝶の止まれる涅槃かな
われがちに雨粒ひかる春の草

枯蓮の上に星座の組まれけり
『遅日の岸』以降
梅咲くや光のなかを風が吹き
喪服着て水の眩しき二月かな
銀座春宵小走りの足袋白し
一歩づつ観る絵巻物春の昼
春寒のくちびる小さく紅茶のむ
波音や埋めて忘るる蝶の翅
金管に映る森の木百千鳥
鉛筆を置いて木の音春の暮
身中に花満ちて花仰ぎけり
仰ぎゐる顔にあつまる桜かな
桐の花短き橋を大勢で
蕗の葉に海光及ぶ薄暑かな
捩花にすこしななめの雨がふる

花冷えや大きな星が梢透く
散る花のなかなる幹のふと遠し
薫風や横綱肩に子を乗せて
電車来るまでのひとりの青嶺かな
ポケットは拳に充ちて青嵐
雨つねに鮮《あたら》し森のかたつむり
雨脚に隙間ありけり蜥蜴の尾

抜きんでてそよぐ毛のある毛虫かな
夏蝶の踏みたる花のしづみけり
目の玉に痩せは及ばず夏の雨
汗拭ふ鴉の視野の端に立ち
夏草や空家の窓に雲映り
白鳥の飼はれて夏を汚れける
浮く亀のまはり雨ふる夏の風邪
蟬生れて笹生《ささふ》のなかの道しろし
夕日呼び返さずのうぜんかづらかな
仕出し屋の来てゐる寺のさるすべり
挿せるだけ向日葵挿して墓新し
木の瘤を鴉が摑む晩夏かな
月涼しともしびはみな地上のもの
山の日や便箋にみづいろの罫

ひとつ折るズボンの裾や初紅葉
榠樝の実が土打つ一度きりの音
柿熟れて早瀬は空へひびきけり
山雀は手にとまる鳥冬ぬくし
北風や濡れて渚の砂緊まる
鏡餅しんしんと杉立ち並び
風花や風景あをく遠ざかる

冷やかにどの幹もわが歳を超ゆ
みづひきの花の一粒づつ空へ
髪留めのちひさきひかり秋の風
秋風やカーブミラーに蔵の町
頬杖に虫のひとつが近く鳴く
列柱の裾に日の射し秋の蝶
ひとちぎりもらふ綿菓子返り花
翅張つて綿虫のいま飛ぶ構へ
枯葎日暮れを尖る鳥のこゑ
冬鷗夕日まぬがれがたく浴び
ストーブに手を揉み知らぬ者同士
心まだ昨日にありぬ落葉踏む
水仙や海照らしつつ日は渡り
枯野の木寄れば桜でありにけり

読み解き実況

小川軽舟×佐藤文香

本当の俳句のかっこよさ

村上鞆彦編

佐藤　私、去年村上さんの日本舞踊の発表会を見に行ったんです。本当に似合ってて、水を得た魚というか、この人はこういうことをしているのが嬉しいんだなと思いました。あと、字がすごくうまい。日本舞踊や、書道みたいな、日本の美に対して興味がある人だと思います。俳句も有季定型の守り方、型がはっきりしていて清々しい。音に敏感なんだと思いますが、読んだときのごつごつ感がなくて、音楽のような心地よさがあります。

小川　空を眺めてたら雲がどんどん流れていった、というように、目の前を俳句が過ぎていくようなイメージがありますかね。ああいい時間が過ぎていくなぁと。

佐藤　今回アンソロジーを編むにあたって、作家ごとに好きな素材があるんだなぁというのがわかりました。村上さんはいつでも草木や雨を見ていたいタイプですね。私は〈**風花や風景あをく遠ざかる**〉がすごく好きです。風花がちらちら舞ってることに気づくと、自分の焦点が風花に合うので、そうすると今まではパンフォーカスで見えていた風景が、ぼやけて遠ざかったように感じるのが、すごく詩的に書けている。

小川　なるほどね。カメラの喩えは面白いです。村上さんの俳句はすごく叙情的なんだけれど、同時にそういう知的な操作が効いてるところがあるんだよね。

佐藤　〈**鶺鴒《せきれい》がとぶぱつと白ぱつと白**〉も、鶺鴒の羽のきらめきがぱっと目に浮かぶ上に、詠みぶりがお茶目です。自分が思ったとおりに表現ができる手腕があります。

小川　それは感じますね。穏やかな句ですけど、〈**秋草や抱へて膝のなつかしき**〉。膝を抱えるっていうのは、野原か縁側かで、体育座りのようなことをしているんですよね。懐かしいって、現代語では久しぶりに会ったものとか、遠いものとかに対して感じるものだと思うんですけれど、村上さんの俳句ってだいたい対象に肉薄しないんですよね。わりと遠くから眺めてる句が多くて。自分の膝を抱えてみて、久しぶりに遠くから来た人のように懐かしいと感じる、そういう遠いものに対する懐かしさが村上さんの叙情の底流に流れているような気がしますね。さっきの「風景あをく遠ざかる」もまさにそうだと思います。風花が現れた途端に今までの風景がずっと遠くなっていくんだけど、でもその遠ざかっていく風景が、懐かしいんですよね。

佐藤　遠いという言葉を使わずして遠くのことを言っている句も多いですね。近いものだと、〈**ひとつ折るズボンの裾や初紅葉**〉。村上さんのなかでは珍しいタイプの句だと思うんですけど、目をつけたことの些細さ、これが句になることの喜びを感じている句です。

小川　作者も喜んでるんでしょうね。こんなつまらないものが、俳句にはなるんだよ、ということですね。

佐藤　この人は基本的には冷静ですがテンションは高くて、いつもいい気分で歩いているような人でもあります。

小川　佐藤さんは村上さんの俳句は好きなんですか。

佐藤　好きですよ！　なんでそんなこと聞くんですか？

小川　うーん、『遅日の岸』からの作品が、私が読んだ印象よりもだいぶトーンが落ちるような気がするんだけど……それは佐藤さんが村上さんのどういうところに共感をするかに関わってくるのかな。村上さんの新しい切り口が出ているのかもしれないね。〈**ガラス戸の遠き夜火事に触れにけり**〉、村上さんの出そうとしているポエジーの一番わかりやすい例です。火事をガラス戸越しに遠く見ている。それに触れるんだけど、触れたものはガラスなので冷たい。まぁ非常に上手い句ですよ。

佐藤　すっと読めるなかで気になったものを選んだので、村上さんらしくない句群になっているかもしれない。村上さんは句集以後の展開も見どころじゃないかと思って、句集以後の作品から先に選んだんです。それもあって、『遅日の岸』の見え方が変わったのかも。

小川　『遅日の岸』以降では〈**目の玉に痩せは及ばず夏の雨**〉、発見がありますね。どんなに痩せても目の玉は痩せなくて、一層ぎょろぎょろしてくる。彼の好きな素材というのとは違う意味で、夏の雨も効いています。

佐藤　若くして結社主宰になった村上さんには、俳句のスタンダードを担当してほしいという、周囲の期待もあるんじゃないでしょうか。でも村上さんには、しっかりした定型感と季語への意識はそのままに、どんどん遊んでいただきたい。そして、いろんなところで、俳句らしいかっこよさとは何かを見せつけてほしいですね。

榮猿丸

春泥を来て汝《な》が部屋に倦みにけり
白樺の窓に歯磨く浴衣かな
欄干摑めば指輪ひびきぬ夏の河
片恋や卓つらぬける浜日傘
髪洗ふシャワーカーテン隔て尿《ゆま》る
ガーベラ挿すコロナビールの空壜に

『点滅』

さかえ・さるまる　一九六八年、東京都生まれ。國學院大学文学部哲学科卒業。二〇〇〇年、「澤」俳句会に入会、小澤實に師事。第四回澤新人賞。第六回澤特別作品賞。句集『点滅』で第五回田中裕明賞。共著に『超新撰21』、『再読波多野爽波』がある。

クレジットカードにホログラムの虹春立ちぬ　『点滅』
焼きそばパン包むラップや春灯
レジの列に抱きあふ二人春休
栄螺壺焼食ひ終へし指いつまで嗅ぐ
夏シャツの汝が胸張れば釦飛ぶ
汝が腿に触れジーパン厚し夕薄暑
愛されずしてTシャツは寝間着になる
舌出せば眉上がりたる氷菓かな
すいくわバー西瓜無果汁種はチョコ
日覆や通りの女すべて欲す
蟻払ひ蟻の頭残る腕《かいな》なる
麦酒酌む呼べばかならず来る友と

花石榴日照雨《そばえ》の道に映りけり
ダンススクール西日の窓に一字づつ
君すでに寝巻ぞ秋の夕べなる
ゆく秋やちりとり退けば塵の線
半眼のふくろふに葉の照りかへす
愛かなしつめたき目玉舐めたれば
手を入れて汝が髪かたしクリスマス

女去るわれに香水噴きかけて
卓拭けば卓曇りたる南風《みなみ》かな
煙草吸ふたび途切るる鼻歌月涼し
裸なり朝の鏡に入れる君
われを視るプールの縁に顎のせて
ビニル合羽に透くるよこがほ合歓の花
秋立つやペンギン群れて腥き
蜜厚く大学芋や胡麻うごく
靴干せばいちにち家や草の花
身に冷ゆるものあり金属探知機鳴る
秋の灯の紐こそよけれ紐引ける
消火器に消火器とあり画廊冷ゆ
コインロッカー開けて別れや秋日さす
枯園にライトバン来ぬさぼるため

受話器冷たしピザの生地うすくせよ

ゐがほなり風邪の子ゐがく風邪の神

雪の教室壁一面に習字の雪

くちびるに湯豆腐触れぬ吹きをれば

竹馬に乗りたる父や何処まで行く

茄子洗ひし手に散髪のわが頭撫づ

まばたきに消ゆる今あり夏の雲

『点滅』以降

子ども来て絵本くべたる焚火かな

梢までむささび駆けぬそのまま跳ぶ

クリスマスリースに蜂や汝を訪へば

M列六番冬着の膝を越えて座る

鰭酒に似非博多弁許されよ

弾初のギターアンプやぶうんと鳴る

年酒手に友来たるなり屋根づたひ

紐解かれ枯野の犬になりたくなし

夕焼の多摩ニュータウン掌に潰す

舌の上の湯葉の襞解く夜涼かな

化粧パックの口にストロー麦酒吸ふ

ベッドの隅に猫ゐてふたり裸なる

夏の雲肺ふくらめば言葉消ゆ

炎天や口より出づる知らぬ髪

『点滅』以降

目覚むれば裸の女もの書ける

架空のバンドの歌詞書く友よ稲実る

腹より剝がし懐炉くれたり帰社すれば

吐く君の髪束ね持つ寒夜かな

窓外の梅みてふたり玻璃に映る

空に風船結婚式と君が言ふ

焼網にレバー鳴りたり花の夜

乳輪の縁の粒々土用波

珈琲試飲うなづき去るや晩夏の人

ブレーキランプに染まる葛の葉珈琲濃し

ソーラーパネルとほく丘なす花野かな

台風情報ジムノペディを夜どほし掛け

バス前席にボブのうなじや秋日射す

ココア冷めゆく足投げ出して卓の下

髪黒く染めてをさなし炬燵の母

手拍子不要なれど打つ人ひとりゐて聖歌

珈琲来れど君コート脱がうとせず

煙草銜へウェイトレスやコート羽織り

生歿年つなぐハイフン春の雨

ヘッドライトに春雨の道鱗めく

毛穴パックに脂の棘や朧の夜

読み解き実況

小川軽舟×佐藤文香

愛欲を写生する

榮猿丸 編

佐藤　この人、かっこいいというより、かっこよくないことに興味がない。作品は、徹底的に写生だと思います。選んでる素材は、現代の私たちの日常、現代、あるいは恋愛、が多いんですけど、恋愛さえも、写生句です。自然物にはあんまり興味がなさそうですね。

小川　うん、極めて少ないですね、自然物が。

佐藤　村上鞆彦さんが草とか木とかを写生していたのとはえらい違いです。私がすごくいいと思ったのは、〈**吐く君の髪束ね持つ寒夜かな**〉。酔っ払ってべろべろの彼女が長い髪で、結んでないから、そのまま吐いたら髪の毛がゲロまみれになっちゃう。おいおいって言いながら手で束ねてあげて吐かせてるっていうのは、超リアル。

小川　なんか道端でやってるかんじだね。髪の毛を摑んで引きずり回してるような格好なんだけど、実はそれが髪の毛が汚れないようにという優しさの表現であるっていう、そのおかしさがいいですよ。〈**目覚むれば裸の女もの書ける**〉は、ベッドで寝転がったまま手紙でも書いてるのかな。これも愛欲をテーマにしながら、それを写生しているクールさがかっこいいんでしょうね。

佐藤　エロい句って世間にたくさんあるんですが、どこかこう「俺のエロさ見せてやる」みたいなのに直結しがちで引いてしまうんです。でも、猿丸さんの句に関しては、客観写生というか、エロい状態を見ている、その状況下に自分がいるだけ、のように見える。だからどんなにエロくても読めてしまう、気分が悪くならないんです。〈**髪洗ふシャワーカーテン隔て尿《ゆま》る**〉、これは夏の朝のユニットバスを思いました。一人が髪を洗ってる横で、一人がおしっこしてる。おしっこの音も聞こえるし、カーテンが透けて体つきがシルエットになっているのもわかる。さらに「髪洗ふ」が季語なので、汗や体臭を想像させますね。

小川　猿丸さんは本当に俳句の領域を広げたところがあると思います。基本的には素材ですよね。どうでもいい素材、くだらない素材、つまらないものを、ちゃんと詩にするっていうのと、それからおっしゃるような性愛、愛欲というものをちゃんと詩にできるということ。そのくだらないものと愛欲が一緒になるとすごく切ない感情が出るんですよね。そこがいいなぁ。〈**ガーベラ挿すコロナビールの空壜に**〉なんてのはかっこいいですね。コロナビールってあれは瓶から飲むじゃないですか。昨夜コロナビールを瓶のまま飲んだ、その唇の感触まで思い出させるようなところがあって、そこに一本のガーベラをすっと挿したっていうのは、かっこいいですよ。

佐藤　ハイネケンでは瓶が緑で茎が透けない。コロナは透明なので、ガーベラの花に対してにょーんと長い、葉のない茎が全部見えるのがいいですよね。エロくない句ももちろんよくて、〈**雪の教室壁一面に習字の雪**〉。教室は片側全部窓ってことも多いので、外に雪が降っているとまさに「雪の教室」です。後ろの掲示板には書道作品「雪」が並べて貼られている。雪という字と雪自体が、景色の中で出会うことの面白さに惹かれました。

小川　いいよね。子供の句だと、〈**ゑがほなり風邪の子ゑがく風邪の神**〉っていうのもかわいいなぁ。

佐藤　子供も女性も観察対象として面白いんじゃないんでしょうか。〈**子ども来て絵本くべたる焚火かな**〉も子供の句ですね。ドキッとするところがあります。

小川　こんなことよく俳句にしたなと思うのは、〈**くちびるに湯豆腐触れぬ吹きをれば**〉。ふーって吹いてたら、触っちゃった、あちちってことですよね。

佐藤　本当に些細なことですが、触覚を生かした句です。

小川　さっきのコロナビールの句でも唇の感触を思い出させたように、そういうエッチさがありますか（笑）。

佐藤　そういうエッチさがありますね（笑）。〈**栄螺壺焼食ひ終へし指いつまで嗅ぐ**〉、これもエロい。ぐりぐりって栄螺の身を出して、つゆが手について、いつまでも嗅いでるんだと思うんですけど、最後の字余りがいい。

小川　そうだね。「嗅ぐ」っていうところがエロチックですよね。猿丸さんは「澤」の作風に馴染みながら、いつしか猿丸さん独自のスタイルを身に着けて、「澤」の作風を引っ張ったように思いますね。主宰の小澤さんはさすがにここまで瑣末なことは詠まない気がするけれど、猿丸さんからの影響を受けてもいるんじゃないかな。

佐藤　なるほど。猿丸さんらしさが確立していますもんね。俳句の外の世界でも活躍してほしい作家です。

五島高資

まちがへてゐる僕がゐる春の河　『海馬』
行く春のかがみに俺を笑ふ僕
ジェット機で飛ぶ精神とかしわ餅
白椿咲いてゐて僕寝てゐたり　『雷光』
口開けて叫ばずシャワー浴びてをり
真夜中の鹿ほとばしる蛇口かな

ごとう・たかとし　一九六八年、長崎県生まれ。現代俳句新人賞、加美俳句大賞・スウェーデン賞、現代俳句評論賞など受賞。「俳句スクエア」代表、「俳句大学」副学長、「海程」「豈」同人。句集に『海馬』『雷光』『五島高資句集』『蓬萊紀行』など。

あらみたまバックミラーにあふれたり　『海馬』
春の月と僕の間をヘリが飛ぶ
支へたる額のうらにあるあざみ
母の日や逆立ちをして崩れたる
次に来るかみなりを待つ腕まくら
瀑布までからだを運ぶからだかな
海を見に来て持ち帰る雉の羽　『雷光』
菜の花を光にかへすゆらぎかな
山藤が山藤を吐きつづけをり
逆さまの椅子がずらりと誕生日
松島や五月雨に歯を磨きをり
いなびかり鼻から鼻へ走りけり

加速するものこそ光れ初御空　『蓬萊紀行』

龍天に登るや靴のひも結ぶ

ガジュマルに薬缶吊して泳ぐなり

光る風映して曲がるスプーンかな　『蓬萊紀行』以降

ムスカリや旅にしあれば畝に咲く

海坂やひとり泳いで泡立てる

銭湯のひとつ消えたる銀河かな

塩を吹きさうなコインロッカーの冬

湯たんぽの地球に落ちてをりにけり

雪の日のまさに電信柱かな

はらからや蟹の目に風が見え出す　『蓬萊紀行』

かみなりへ走る帰宅となりにけり

夕顔の実や無眼耳鼻舌身意

星空のうらはひねもす凪いでをり

ひさしぶり星を見てゐる鯨かな

裏白や岬は空をつらぬけり　『蓬萊紀行』以降

牡丹咲く渦巻く星のまた星に

今までを食べて海星となりにけり

皿洗ふ水は流れていなびかり

水の燃え上がれる銀杏黄葉かな

狐火や列車は遅れつつ走る

九堂夜想

太陽のあばらは視えて十字街

吊るされて切り岸を呼ぶピアノかな

ぬるたまを吹きひとゆれの猫ばしら

トランプの斜眼飛行や間氷期

蝶は見遣るあまねく母の重なりを

蝶なべて世をきりもみの達磨かぜ

くどう・やそう　一九七〇年、青森県生まれ。一九九八年、「海程」入会。二〇〇三年、「海程」新人賞。二〇〇六年、第二回芝不器男俳句新人賞齋藤愼爾奨励賞。俳誌「ＬＯＴＵＳ」編集人。共著に『新撰21』。

斜塔このオブジェの朝の足拍子

常おとめ野の一切はうたわずに

天門や忘れん坊は落馬して

亡びつつ砂は音叉を恋うらしも

木まじない暦にわかに緋をふふみ

影占いかがみて遠き地の音叉

空井戸や薄荷匂える鳥女

鳥女抱けばせせらぐ逆さ水

唐草や明けを湯浴みの六母たち

雲白し地平は何に遠ざかる

燃えずの火濡れずの水をわたり馬

空聖そらごと亀に曳かるるや

躓けばなべて雨天のにがよもぎ

母を摘む母子草その母や何

みなみかぜ貝殻は都市築きつつ

つとに手は雨におくれて雲母虫

鹿を呼ぶ風彦の風さみどりに

船遠くしてマルメロの日の渡り

日を離ればなれの鳥や石室《いわむろ》や

野火はるか雲を敲けば蛇落ちて

ひらめける手の忘却をかものはし

白地図へ蝶は顎《あぎと》を響《な》らしゆく

貌鳥は貌をはずせり姉の門

妹の果はらわたを巻く木もあらん

日に中る転び伴天連らもリラも

虹の根に舌挿すのみの木の葉鬼

ルフランは紙の次元へすべりひゆ

はう霧をうてな淵なす墨流《すみながし》蝶

ふと霧をすぎゆく斧や空《から》とむらい

霧だるま旅人の木にぶらさがる

白鳥座みな薄明の友ならん

コスモスの喪を微睡めり銃器らも

山脈《やまなみ》や墨の上がりを化生して

田中亜美

白魚の崩るるやうに知の奴隷

君きつと照葉樹林春の雨

抽象となるまでパセリ刻みけり

胎内は河原の白さ日傘差す

晩鐘や水母に水母映りをり

避暑家族鳥とも違ふ会話して

たなか・あみ　一九七〇年、東京都生まれ。詩の研究を通じ、俳句に目覚める。「海程」同人。金子兜太に師事。海程新人賞、第二十四回現代俳句新人賞、海程賞。現代俳句協会会員。国際俳句交流協会会員。日本文藝家協会会員。

紅梅にすこしはぐれてゐる透明

如月や鉛筆で描く原生林

粉薬量る天秤ヒヤシンス

地下水のやうなかなしみリラ満ちぬ

耳栓の真空ありぬ花の昼

トタン屋根の上で崩れるまで孔雀

微炭酸ほど光り合ひ花アカシア

子午線に触るる剃刀花は葉に

五月来る路地裏白い舟溜まり

白牡丹顕《あ》れて留め金なき世界

木漏れ陽は繭のさびしさ街薄暑

薄荷煙草白蛾の腹の冷たさよ

いつ逢へば河いつ逢へば天の川

邯鄲《かんたん》や眠りの中の星尖る

首の骨もつとも白く鵙高音

電子音かもしれぬ声熊撃つて

冬すみれ人は小さき火を運ぶ

雪明かり懐紙のやうに君の黙《もだ》

ひたむきに雪の位相と暮らしをり

伐採期あればあかるし夏至の星

雲海や我ら眼玉をもて余す

青田風拾ひしものは横抱きに

我鬼忌とや虹より遠く煙立つ

帆の遠さ岬の遠さ星祭

秋の暮灯のある方に文字記す

砂嵐混じる抒情や雁渡る

草紅葉瀬の音はきれいなナイフ

真葛原兎ときどき濡らしをり

焚火番しようか生きてゐるあひだ

息絶えし馬を焚火のごと囲む

かりそめの頸持つ我ら独楽を打つ

人日や白亜の崖に草少し

牡丹雪鳥たち滲みやすき絵の具

中村安伸

総崩れの寺引いてゆく花野かな

雪片の一瞬を全方位より

任天堂の歌留多で倒す恋敵

肉に入る肉のかなしき越天楽

殺さないでください夜どほし桜ちる

美しい僕が啞へてゐる死鼠

『虎の夜食』

なかむら・やすのぶ　一九七一年、奈良県生まれ。小学生の頃より独学で句作を開始。二〇一〇年、第三回芝不器男俳句新人賞対馬康子奨励賞。二〇〇四年より「豈」同人。句集に『虎の夜食』。

星を踏む所作くりかへす立稽古

踊りつゝ夭折しつゝある手足

小鳥来るバス来るやうにバス停に

木犀やむかしの白いさるぐつわ

ひとりだけ菌のやうに白く居り

黄落や父を刺さずに二十歳過ぐ

聖無職うどんのやうに時を啜る

みな王に触れてからゆく冬至かな

歌留多撒く東洋一の鉄塔より

雪の日の浅草はお菓子のつもり

雪の日の餃子の中に眠るかな

布のやうに遅日の坂をあるくかな

『虎の夜食』

風薫る馬に乗つたりあるいたり

馬は夏野を十五ページも走つたか

夏草を科学忍者は軽く踏み

あまのがは実子と虚子の向き合ひぬ

『虎の夜食』拾遺

ダブルベッドは八尋の深さ吹雪きけり

有る程の少年ジャンプ抛げ入れよ

躑躅山鏡のなかの光煮ゆ

はるうれひ背中が咲いてしまひさう

連翹咲いてモロッコの首都がいへます

夏来る乳房は光それとも色

水は水に欲情したる涼しさよ

夕立に古い狐は濡れるなり

天窓があり永遠に上下あり

サイレンや鎖骨に百合の咲くやまひ

妻は風のない新幹線妻眠る

鞦韆《しゅうせん》にどんなエンジン載せてもよい

『虎の夜食』拾遺

討入や少女漫画の花泡立つ

若葉雨の夕べポーランドの巣作り

ひるがほはくちづけを待つ計算機

犬の世に少女歌劇は残るかな

溺愛や鋏に映る扇風機

曾根毅

山蟻を遊ばせている腕時計
曇天や遠泳の首一列に
朝から見る溶接の火と轡虫
十方に無私の鰯を供えけり
鶏頭の俄かに声を漏らしけり
能面は落葉にまみれ易きかな

『花修』

そね・つよし　一九七四年、香川県生まれ。「花曜」「光芒」同人を経て、二〇一一年、「LOTUS」同人。第二十九回現代俳句新人賞佳作奨励賞。第四回芝不器男俳句新人賞。句集に『花修』がある。現代俳句協会会員。

立ち上がるときの悲しき巨人かな
かかわりのメモの散乱夕立雲
いつまでも牛乳瓶や秋の風
凭れ合う鶏頭にして愛し合う
鶏頭を突き抜けてくる電波たち
次の間に手負いの鶴の気配あり
鶴二百三百五百戦争へ
獅子舞の口より見ゆる砂丘かな
断崖や批評のごとく雪が降り
消えるため梯子を立てる寒の土
馬の目が濡れて灯りの向こうから
燃え残るプルトニウムと傘の骨

『花修』

恋愛の手や赤雪を掻き回し
山鳩として濡れている放射能
水吸うて水の上なる桜かな
およそこの世に二本の接木夏来たる
繰り返す物の姿や燕子花
斑鳩や握るあそびの黒電話
一度きりの絵葉書になる夏帽子

『花修』以降

存在の時を余さず鶴帰る
雪解星同じ火を見て別れけり
桜貝いつものように死んでおり
落椿肉の限りを尽くしたる
化野に白詰草を教わりし
夕桜てのひらは血を隠しつつ
雨が死に触れて八十八夜かな
義仲寺の蜆づくしの浄土かな
花は葉に牛は徘徊していたり
回廊を叩きゆくなり梅雨の傘
暗く暗く水面に刺さる鵜の形
水銀のなまぬるき日を菊膾
霜柱胎蔵界を突き出せり
寒月光松に習えば松に消え

『花修』以降

堀本裕樹

口移しするごとく野火放たれぬ
肉柱のゆるむ夕べや更紗木瓜
那智の滝われ一滴のしづくなり
火焔土器よりつぎつぎと揚羽かな
濃密な空蟬を手にしたりけり
銀漢を荒野のごとく見はるかす

『熊野曼陀羅』

ほりもと・ゆうき　一九七四年、和歌山県生まれ。第二回北斗賞、第三十六回俳人協会新人賞、第十一回日本詩歌句随筆評論大賞受賞。「いるか句会」「たんぽぽ句会」主宰。「梓」同人。著書に句集『熊野曼陀羅』、『いるか句会へようこそ!』など。

鳶の輪を射ぬく春日や熊野灘
高みつつ修羅の燕となりにけり
角のある骸骨に風光りけり
望郷といふ色あれば花うぐひ
火のこゑとなるまで雲雀揚がりけり
耳は葉に葉は耳になり青葉闇
蟹漁る父の背昏し熊野川
峯雲やわが手力の行き場なし
夏潮へ碇《いかり》のごとくこころ投ぐ
永遠におのれを目指すヨットかな
ショベルカー木槿に触れて止まりをり
底紅の底に海鳴る故郷かな

『熊野曼陀羅』

鮎落ちて露うつくしくなりにけり
血の音の昂るままに栗打つや
鷲やわが額《ぬか》に雨粒ひとつ撥ね
冬蠅の翅に追慕のひかりかな
篁は竹を奏でて今朝の春
火蛾落ちて夜の濁音となりにけり
紙魚のぼりつめて天金崖なせり

『熊野曼陀羅』以降

物憑きて萩真つ白に乱れけり
地にナイフ突き立てて天高きかな
行き倒れし者蟋蟀に跳び乗らる
しろがねの蛇りんりんと穴に入る
晩秋のサーファーひとり火を作る
天狗来よ千年の杉しぐれつつ
枯野より大きく鳶のまはりをり
何神か知らぬが木の葉雨まぶし
鷹とわれ打ち響きたる峠かな
あげられし鮫の片目は颪を見る
緑さす小鳥も小鳥指す指も
レコードの古き拍手や夜の秋
錆の浮く栓抜きひとつ盂蘭盆会《うらぼんえ》
名草枯れ男日和と申すべし

『熊野曼陀羅』以降

岡田一実

木よ人よ漣《さざなみ》すぎるものたちよ

蕾薇ピンクイエローのり子美容室

語彙少ないし放課後レタスバーガー

記号的名前の雪が降りつづく

遠足の写真のやうに仲良くす

馬冷す無花果色の夕空に

『小鳥』

『境界―border―』

おかだ・かずみ　一九七六年生まれ。愛犬が他界したとき悲しすぎて俳句を始める。第三回芝不器男俳句新人賞城戸朱理奨励賞。第三十二回現代俳句新人賞。「らん」同人。句集に『小鳥』、『境界―border―』。

一椀に玉麩ふくらむ真砂女の忌

『小鳥』

ダチュラ咲く庭にダチュラの客が居る

双六を三つすすんで絶滅す

『境界―border―』

はくれんの中身知りたし知らんで良し

海底の麗らや魚のしらほねに

『境界―border―』以降

辛夷とも焼けたおうちの柱とも

ふつうの日ふつうのうぐひす餅の粉

光線のうちに世の中夜の仔猫

三千世界にレタスサラダの盛り上がる

菫野のはや打捨ての自撮り棒

降りぎはに花ふつてくる渡船かな

ことほぎの歌たかまりて蠅生まる

空洞の世界を藤のはびこるよ
暗渠より開渠へ落葉浮き届く
胎盤のぬめりびかりの仔馬かな
晴れ渡る鴉の恋となりにけり
眠い沼を汽車とほりたる扇風機
火蛾は火に裸婦は素描に影となる
鳥葬にまづ駆けつけの小鳥来る

『境界―border―』以降

雨ふる地球に筍飯の炊きあがる
水槽の如くに昼や夏休
細胞に核の意識や黴の花
花合歓や牛の乳房の垂れ揃ひ
森の中森の茂りを透かし見る
誘蛾灯乾いた音の続きけり
白蟻の集ひ動いて以後虚ろ
鹿の恋森ひそやかに花咲かす
蠟燭と冷たき石の照らし合ふ
墓石は可動の石ぞ秋の暮
朝寒の手あらば脚をひと触り
声やがて嗚咽や林檎手に錆びて
焼鳥の空飛ぶ部位を頂けり
食へさうな象ふかふかと絨毯に

十亀わら

なぜ口は動くのだらう終戦日

桔梗一輪人を打つとき目を閉ぢよ

死がふたつ稲穂は光りあうてゐる

衝動やポインセチアに金の蕊

求愛のくちばしを打つ雪の檻

ジャムパンや世界たとえば春を待て

＊以降は現代仮名遣い

＊

梅真白われら未来をうたふなり

天窓にてふてふ夢とおんなじに

火を焚きて指さびしがる春祭

夜の色を引き込む春の鳥居かな

麦は穂に日は白鍵に響きけり

麦秋や傷つきやすき夫の靴

先生の香水に日の滲みけり

蛍火や晩年もけふ忘れぬやう

無花果の木に弟の居なくなる

水鳥のまだ濃くなつてゆく体

牡蠣焼きて鉄の刃に日の愁ふ

冬蝶逃げよ千の検索窓が開く

そがめ・わら　一九七八年、愛媛県生まれ。愛媛大学在学中、「俳句創作論」の講義で夏井いつきに俳句を学んだのをきっかけに俳句を始める。第七回俳句界賞受賞。「いつき組」、「100年俳句計画」に所属。著書に詩集『燃える野』。

初蝶や首すじ掻けば日の匂い

雛の家一人称を慎みぬ

葬塔の日を裏返す夕ざくら

泣くための目玉と思う五月来る

麦秋や思えば一度きりの握手

恋慕せよサルビア燃ゆる様を見よ

左目が右の目を呼ぶ蛍籠

*

東京の砂利一つ抱く冬の蜂

羚羊《かもしか》の右臀部より枯れゆけり

冬茜ほどのパスタをからめをり

靴箱に靴ある孤独セロリ嚙む

左折して春一番へ加速する

千枚のコピー雪解の窓に置く

水菜切る夜を近づけるために切る

春の星喫水線を揃いもつ

ミキサーの刃に春昼の荒れにけり

菫光れ黙禱に目の沈むとき

たましいのぎしぎし漏れる夜の桜

母の日の玄関に挿す紙の花

金魚掬うどの子も親に背を向けて

萍の夕日ばかりが太りけり

鎌田俊

金魚玉天動説のなかに吊る
それからの大和はいかに花蘇鉄
日本史に蟬一匹の鳴きにくる
水打ちてほろびのときを延ばしけり
みづうみへ尾根のはしれる素秋かな
抱けば子の熱きはらわた十三夜

『山羊の角』

かまだ・しゅん　一九七九年、山口県生まれ。学生の頃、角川春樹俳句に出会って作句を始める。二〇〇四年、第二十五回角川春樹賞、二〇一五年、第十三回秋燕賞を受賞。現在、「河」副主宰・編集長。句集に『山羊の角』（第四十回俳人協会新人賞）。

子に髪を洗うてもらひ立夏かな
風五月胸に海嶺興りけり
降りだしの雨によく遇ふ花かぼちゃ
夏の水ゴリラの横を流れくる
火取虫己の燃ゆる音聞くか
岩肌の粗きをほめてとかげ出づ
墜死する己を描き岩登
尾翼立てダリアのぬるき雨に遇ふ
子を余所にあづけてきたり花へちま
葉鶏頭みんなはどこで泣くのだらう
とんばうの翅にさざなみたちにけり
月光の谺してゐる軀かな

『山羊の角』

白鳥の潮気の翼洗ひをり

ふところの竜を育てて去年今年

ふらここやたましひ誰も買ひに来ず

眼球の水いれかはる躑躅かな

ばらの雨白い鯨が来るだらう

二日目の寮母の優し夏期講座

『山羊の角』以降

葉牡丹の遠心力に触れてをり

団栗や敗れし神を祀りをり

ハロウィンや移植臓器の搬送車

胡桃割る競馬年鑑開きつつ

蟷螂の桜のいろに枯れにけり

冬薔薇《ふゆそうび》のぞけば港ありにけり

赦されし鳥より雲に入りゆく

きじ笛や樹間に富士の定まりぬ

川風の湧いてきちきちばつたかな

『山羊の角』以降

瓢簞の酒酌んでより霞みけり

石臼の挽きこぼしたる秋思かな

総帆を光に濡らし秋惜しむ

みなもとへ還りゆくべく枯れにけり

降りたちて羽田に直すマスクかな

物件に戻る家あり雲に鳥

矢口晃

竹馬や雲の喝采浴びながら

信じる勇気大き焚火に柴足して

日を閉ざす雲の徹底枯野原

死角から冷たい枝が伸びてゐる

鷹鳩と化すや嫌はれてもいいや

白壁に蛾が当然のやうにゐる

枯原に一本の杭愛うしなふ

自殺せずポインセチアに水欠かさず

耐へてゐる冬日を浴びて生きてゐて

枯蓮のうへなまなまと風かよふ

あしもとに影がゐて春なんだなあ

日曜日いそぎんちやくに蟹が寄る

沈丁や夜空に星のかをりなし

つばくらや空の若さを唄ひつつ

父の死を母は桜を見て過ごす

満開の桜の添付ファイルかな

雲に乗る方法蝌蚪に足が生え

目薬の黒眼に落ちぬ信長忌

やぐち・こう　一九八〇年、東京都生まれ。学習院大学文学部卒業。一九九九年、「鷹」俳句会入会。藤田湘子、伊沢惠に師事。鷹新人賞。二〇一〇年、「鷹」俳句会退会、「銀化」入会。中原道夫の選を受ける。銀化新人賞。著書に『短編小説集　晩成』『待つ人』。

山に星バターナイフの涼しかり

まくなぎのゆふぐれしろし愛されたし

こんなにも虹がきれいだ死後だらう

ひとすぢがひとつぶの雨帚草

秋蟬や淵にあつまる水の襞

内側へ開く扉も月の頃

綿虫が飛ぶのんのんと青い空

家にゐて家なつかしきパセリかな

井戸水に立たぬなみかぜ濃あぢさゐ

噴水のほとりに待つてゐるあーあ

星の音満つる電柱冷奴

星は星待てり涼しきバルコニー

灼かれつつ川面は川を下りゆく

プールより上がる失格者のやうに

平日の浜辺に秋の来てゐたり

秋の蝶翅の模様を合はせけり

犬と犬すれ違ひたる銀河かな

蜜柑山窓に近くて畳かな

釣堀を遠くから見てゐて寒い

月光は月へ還りぬ凍てながら

われのゐるところばかりが日の枯野

三村凌霄

海に出て煤逃げごころ定まりぬ

顔揉んで顔を小さく青畝の忌

鍋焼の底の浅さを箸は知る

御降の中を待たせてしまひけり

鉛筆はBこそ良けれ春の昼

藤散りぬ小貝のやうに青ざめて

みむら・りょうしょう　一九九二年、神奈川県生まれ。東京大学文学部卒業。同大学大学院に在学中。古典中国語文法専攻。「銀化」同人、「群青」同人・編集長。趣味は書道。好きな文学者は成島柳北・森鷗外・永井荷風。

「失礼」と二重廻しの中覗く

この輪ゴムいつから指に日向ぼこ

クリームに埋もれ聖菓の家二軒

小寒やおがくづ吸はぬやうに掃く

雨傘の狭し風船抱いてゐて

春コート裾は荒磯《ありそ》をかすめけり

水草生ふ実験棟の影の中

花時や飯食つて顎疲れたる

飴なめて息のすずしき虚子忌かな

笑つてゐるうちにボートの回りだす

花婿のやうな白靴そんな奴

梅雨明けや甲板は帆の影の中

夏帯に御車代をしまひけり

夏帯を干す窓に川速きかな

夕ばえのけざやかにして竹夫人

白玉の翳りへ蜜のまはりこむ

秋扇口もと隠すとき香る

茸狩や横顔うつる溜まり水

蓑虫の糸白雲にまぎれけり

ハンカチや頸のうしろの骨ばれる

サングラス引つかけて胸ゆたかなる

硝子戸を簾のこする夕べかな

頂や汗拭くことを思ひ出す

涼しさや御籤のための銭を借り

銭すこし投げ込んである作り滝

水鉄砲余滴が腕をくすぐりぬ

アロハシャツ旗のごとくに売れ残る

舟虫のひとつ寄り来る旅の果

劇場の地下に駅あり巴里祭

白桃に刺せば楊枝の傾きぬ

秋ともしまづは編集後記から

枯露柿《ころがき》を吊るすくらゐの窓ならある

化粧塩酢橘の汁《つゆ》に溶けにけり

大塚凱

母語とはに忘れじ霜夜眼をひらく

咳くたびに鳥は荒野へ遠ざかる

山脈やラガーは頬を削りあふ

僕よ寒くて僕のどこかを摑んでゐた

そのみづのどこへもゆかぬ火事の跡

悴みて紙幣を小さき犬と換ふ

売店のストーブに寄り相識らず

鯛焼屋の前の誰でも使へる岸

ごみ箱を反故がこぼれて毛布抱く

毛布抱いても貰つた花が枯れてゆく

冬晴の赤い実があり怪しい実

覚めて春胸に振り子の音ひらき

いもうとをのどかな水瓶と思ふ

巣箱まで便箋ほどの陽が届く

春闘や枯れない花につもる塵

火にひらく貝のふしぎを春の暮

わが朝寝褒めて女のおそろしき

しやぼん玉吹いて壊れて誰から嫁く

おおつか・がい　一九九五年、千葉県生まれ。第七回石田波郷新人賞。「群青」所属。中学時代に友人からの勧誘で句作を始める。俳句甲子園第十四・十五・十六回大会に出場。

わが干潟おとなから目を逸らしても
甘皮を剝いてあらゆる日永かな
かなへびの口をあふれて蜘蛛の脚
背きあふうつつの百合と玻璃の百合
目つむりてゐても西日がつらぬくバス
帰りくる帆がありて秋の名もない帆
折紙の金照り返す夜長の頰

ひろしまヒロシマ蘖《ひこばえ》ながら川がゆく
若葉から鳥が生まれてきて白い
逢ふたびに微かに老いて朴の花
まくなぎはさびしき人をよすがとす
恋びとを呼ぶナイターのうねりのなか
しんじれば螺旋にかはる夏の島
素裸になつて欅にすこし似る
腕時計灼けて帰つて来ない鳥
歯ブラシはひとりにひとつ星祭
日輪は雲をこぼれて稲の花
案山子植ゑておんなじ雲を見てゐたる
ささやかな雲を九月の浜に描く
そして雲は野を捨ててゆく檸檬かな
カンナ燃ゆ飲めない水が地にあふれ

五島高資
ナルシシズムという才能

〈まちがへてゐる僕がゐる春の河〉、この句における「僕」は、美少年であってほしい。雪解水がきらきらと流れ込む春の大河を前にして悩む人が、腹巻のおっさんでは釣り合わない。**〈白椿咲いてゐて僕寝てゐたり〉**、こちらの「僕」も美少年が望ましい。健気に咲く白椿と、怠惰な寝姿の僕は、淡いエロスをまとった美しいものの対比。五島高資の書く「僕」は永遠の美少年だ。

〈光る風映して曲がるスプーンかな〉。この句は「スプーンかな」が面白い。ふつう、「スプーンよ」とでもしたくなるところを、切れ字「かな」であえて字余りにすることで、スプーンの曲がる不思議をよく捉えている。ただ、このスプーンが映しているのは、目には見えないはずの「光る風」であり（「風光る」は春の季語）、そこに五島高資らしいかっこよさがある。自分がかっこいいとわかっているかっこいい人というのは、面白い句を書いてもどこかかっこよくなってしまう。そこがいい。

九堂夜想
寡黙な霊媒師

私は毎月お寺でやっている句会の前にお経を唱えている。意味は知らないままだが、一年経ったので光明真言は覚えた。リズムがあって面白い。お経やおまじないの言葉というのは、わからなくても、唱えているとなんとなくわかる気がする。九堂夜想の俳句もそうだ。何度も読んでいると、そこに書かれている意味から想起される景色だけでなく、火の玉のような何かがあぶり出されてくる。まじないのようだし、占いのようでもある。**〈ぬるたまを吹きひとゆれの猫ばしら〉〈蝶なべて世をきりもみの達磨かぜ〉〈はう霧をうてな淵なす墨流蝶《すみながし》〉**。これらの句を品詞分解して、作品について語ることもできるだろう。けれど九堂は、これらを一連の言葉の流れとして、天から授かる役を引き受けているように見える。彼自身の意見は見当たらない。鳥女との生活はいかがだろうかとか、これは天上世界の庶民の日常なのかなとか、わかったような何かを頼りに、九堂の作品を楽しむ。

田中亜美

力尽くの耽美

美少女戦士セーラームーンをご存じだろうか。高校生月野うさぎがセーラームーンに変身するとき、光に包まれていったん裸になるシーンがあり、田中亜美の句を読むと、そのシーンを思い出す。普通の人が戦士になる途中の脆さと恍惚、パワーと繊細さを兼ね備えた美である。

〈**君きつと照葉樹林春の雨**〉、「君」を常緑樹のつやつやの葉に喩えた。ときに感情的になる私に対して、たっぷりと降る春雨に濡れても心穏やかな「君」。〈**いつ逢へば河いつ逢へば天の川**〉では、私と相手との関係を、一年に一度しか逢えないとされる織姫と彦星の伝説になぞらえ、我々の逢瀬がいつならふつうの河なのか、いつなら天の川なのかとたたみかける。一年に一度さえ逢えていない相手かもしれない。田中亜美の心の動きが、彼女をとりまく世界へかける負荷は、煌めきとして飛び散る。その証拠に、彼女の直喩はいつだって力尽くで詩を生むし、彼女の言葉は我々を酔わせ、苦しめる。

中村安伸

頭脳派とも呼ばせて

中村安伸の句集『虎の夜食』は、作中のSF的な要素やエロチシズムにより注目を集めたが、私としては現代的な機知を俳句の文脈に結びつけた作品に、より語り甲斐を感じる。〈**任天堂の歌留多で倒す恋敵**〉。新年の季語「歌留多」を「任天堂の」と限定し、現代に数多存在するゲーム機と、任天堂の会社としての歴史を思わせるのが巧い。〈**有る程の少年ジャンプ抛げ入れよ**〉は夏目漱石の〈有る程の菊抛げ入れよ棺の中〉をふまえた作。若くして亡くなった友達の棺に、共に夢中になった漫画連載すべてを抛げ入れることで青春を封じ込めた（単に授業中に読んでいて先生に見つかって焼却炉に捨てさせられているだけかもしれないが）。どちらの句も固有名詞が効いている。「越天楽」や「八尋」などの雅の要素を取り入れつつ、永田耕衣の〈かたつむりつるめば肉の食い入るや〉を匂わせたり「ダブルベッド」のことだったり。知的操作が古今を往き来するのが、お洒落なのである。

曾根毅

幽玄をも演ずること

曾根毅の作品について、一度「水墨画のようだ」と評したことがあったが、そのかんじを一語にすると「幽玄」にあたる。「幽玄」はもともと和歌で広く用いられた批評用語で、歌論書『和歌体十種』のなかで壬生忠岑《みぶのただみね》が最高位と定めた高情体の説明にも使われた。俳句のもととなった俳諧の持ち味とは、凡そ真逆の概念ではないかと思うのだが、だからこそ、現代にその感覚をもって一句を成すべく試みるのは先鋭的なことだ。〈**水吸うて水の上なる桜かな**〉〈**繰り返す物の姿や燕子花《かきつばた》**〉。これらの句は、雅俗でいえば紛れもなく「雅」に属する。それは俳句らしくなどない、というところに私の興味はある。

世阿弥による能の理論書『風姿花伝』において、「幽玄」以外に強さ弱さ、荒さなどの表現も芸の神髄として語られる。曾根の作品も、荒くも弱くもなる（句集名『花修』も『風姿花伝』中の言葉だ）。さまざまな真実をよく知り、演じ分けることを追究する作者である。

堀本裕樹

滾《たぎ》りの美

〈**鳶《とび》の輪を射ぬく春日や熊野灘**〉。輪を描いて飛ぶ鳶を見上げると、春の日がその軌跡を射ぬくように差す。そんな熊野灘の景色を俳句の韻律に託し、のびのびとロマンを馳せる。堀本裕樹は俳人として生きる上で、故郷熊野の自然を句材として生かす道を選んだ。理想の熊野を立ち上げるため、自らの言葉を与え直したのだ。それが第一句集『熊野曼陀羅』であった。それ以後も、文学性によって季語に血を通わせる句作を続けている。

〈**鮎落ちて露うつくしくなりにけり**〉。秋半ばを過ぎて産卵のために川を下る鮎が落鮎《おちあゆ》である。そのとき、草木の露は美しさを増す。「露」も秋の季語なので、季重なりの作品だが、川の水と川辺の草むらの水分が「鮎」「露」の「ゆ」の音で呼応し、下五「なりにけり」のおおらかな結びによって、空間全体を瑞々しい美が包む。この句以外にも「けり」の切れを生かした句が多く、それらはクールな出で立ちながら、内容は結構熱い。

岡田一実
現実より凄みのある世界へ

岡田一実の俳句から曼荼羅のことを思うのは、〈**三千世界にレタスサラダの盛り上がる**〉という句があるからかもしれないが、目前の出来事より大きな世界の縁取りが見えていて、生死や虚実の不思議を意識させる作家だ。〈**暗渠より開渠へ落葉浮き届く**〉、「暗渠」「開渠」「落葉」はなにかの喩えではなく、それぞれそのものとして、写生の句と見るのが一般的な読みである。でもこの句は、地元の暗渠とかではなくて、空間に現れた想像の水脈のように感じられる。「浮き届く」という見慣れない複合動詞のなせる技かもしれない。〈**火蛾《ひが》は火に裸婦は素描に影となる**〉、火に集まる蛾は火のなかに影となり、裸婦は素描に描かれることで影（姿）となる。これは「影」という言葉の持つ多重の意味を巧みに用いたことで、対比のねじれによる詩的処理がなされ、完璧な句になったと言っていいだろう。言葉の操作が独特の世界観と無理なく結びつくと、物凄い力を発揮する。

十亀わら
愛による導き

情熱を俳句に収めるためには、それと同じかそれ以上の冷静さが欠かせない。詩への興味から俳句を書くようにもなった十亀わらにとって、定型が足枷にならなかったのは、持ち前の謙虚さによるものだろう。〈**求愛のくちばしを打つ雪の檻**〉、籠でなく檻なので動物園にいる大きな鳥だろう。隣の檻へ向けてか、くちばしを差し出しては檻にぶつける切なさ。中七までの情動を下五「雪の檻」と体言でまとめることで冷ますのがかっこいい。〈**ジャムパンや世界たとえば春を待て**〉、「ジャムパン」という安くて単純なパンと、世界を、そのなかでも春を待つように指南することの組み合わせ。まるでジャムパンの冒険を見守る神のような眼差しが感じられる。他にも〈**桔梗一輪人を打つとき目を閉ぢよ**〉〈**恋慕せよサルビア燃ゆる様を見よ**〉のように、命令形が愛のもとにつかわれていることに注目した。恋愛というより導きというか、私には聖母のようなかんじさえする。

鎌田俊
かっこいいお父さん

子供がある程度の年齢になって、お父さんが俳句をやってると知ったとき、うちの親父超イケてる！　と思うことは稀だろう。でも、鎌田さんにはそこでめげずに、我が句のかっこよさを語ってほしい。

〈**水打ちてほろびのときを延ばしけり**〉、夏の暑い日の打ち水は、気化熱で涼をとるためのものだけど、そこに生えるものや棲むものにとっての「ほろびのときを延ばし」ているのだよ。芭蕉の有名な句に〈夏草や兵どもが夢の跡〉という句があって、そこでかつて戦った人たちの命のために、水を打って届けるような気分も出るかもしれない。そういえば昔、お前のことを詠んだ句もある。〈**抱けば子の熱きはらわた十三夜**〉、「十三夜」というのは十五夜満月のだいたい一ヶ月後、少し寒くなったころの物淋しい月。「はらわた」と言うことで、我が子の動物としての命が、自分を補うようにあたたかいことを表したんだ。お父さんの俳句も悪くないだろう？

矢口晃
生きのびて書く

人は抑鬱状態にあると、身の回りの色を感じなくなる。〈**こんなにも虹がきれいだ死後だらう**〉。「死後だらう」は、自分がこの暗い世界を一瞬でも逃れたという安堵の実感だ。自然の美しさを感じて心が洗われる、そんな手垢のついた感動ではない。〈**噴水のほとりに待つてゐるあーあ**〉。水の前でやたら声を出してみたりもするけれど、「残念、待っててもまた来ない」の「あーあ」に近い気がする。なんにせよ、声を出す自分は生きていて、がっかりしても生きている。かけがえのないことだ。

〈**自殺せずポインセチアに水欠かさず**〉。毎日思うのだ、自殺しようか、と。でも、今日は自殺せず、今日もポインセチアに水をやった。選択肢として自死がある日常に、ひときわ赤いポインセチアの葉。自分が水をやらなくなったら、ポインセチアも枯れる。この冬、自分が死なないことは、ポインセチアを生かすことだ。生きることを日々選び直す人にしか書けない俳句がある。

三村凌霄
文人の嗜みとして

「俳句を嗜む」とは、本気で俳句を書いている人に言うと失礼にあたることが多いが、この短い詩型では、俳句に全身全霊をかけなくても、名句が書けてしまう可能性がある。三村凌霄という作家は、まさに俳句を嗜んでいる人。それも一時代前の文人といった風情で、あくまで余技なのである。その余裕こそが、彼の俳句の美しさだ。〈**夏帯に御車代をしまひけり**〉、「夏帯」という涼やかな季語による風情と「御車代」の俗っぽさが、俳句のなかに調和する。〈**夕ばえのけざやかにして竹夫人《ちくふじん》**〉、「竹夫人」は竹の抱き枕のようなもの。昼寝でもしていたのだろうか、際立つ夕映えを見ながら竹夫人とともにある私。「にして」の接続が洒落ている。〈**「失礼」と二重廻しの中覗く**〉、「二重廻し」は着物の上などに着るマント。その中を覗くのに、「失礼」なんて言い方がいかにも明治時代っぽい。どの句も少し笑えるのが粋だ。こういう人が輝くのも、俳句の一つの面目だ。

大塚凱
自らの知性に勝ちに行け

〈**僕よ寒くて僕のどこかを摑んでゐた**〉。「僕よ」という自分への呼びかけにまず面白さがあり、その直後「寒くて」と実感を続けることで自分側に引き寄せたかと思いきや、最後に「摑んでゐた」と時制が過去へ戻る。知的且つ少し野蛮な言語実験の句だ。しかし大塚凱らしさの真髄は、自己愛と欲求不満をかっこよさに転換せしめる強さにあると、私は思う。

俳句をよく知り、ある程度どのタイプの句も書けてしまうと、自分臭さがどこにあるかに気づきにくい。知性によって作家性を獲得することは、まず知性に邪魔されるため、実は困難なことなのである。〈**折紙の金照り返す夜長の頬**〉。金色の折紙のてらてらの光は、夜の卓上ライトの光を受け、頬を照らす。この「夜長の頬」の字余りのかっこよさは、紛れもなく大塚凱だ。凱は、いやあ、と笑うだろうけど、これからはその自分との戦いかもしれない。

コラム

5・7・5はリズム感

俳句は、和歌をもとにした「俳諧の連歌（連句）」というゲームでした。ひとりが5・7・5をつくり、次の人が7・7をつける。その次の人がまた5・7・5、そして7・7。このリズムや、場合によって季節の言葉を入れることとは、よりエキサイティングに共同制作をするためのルールでした。一句目「発句《ほっく》」はとくに大事だとされて、発句を独立した作品としてもつくるようになり、それがのちに俳句と呼ばれるようになりました。

ゲームから離れて作品を目指すようになってから、かつてのルールを守ったり、破ったりすることで、俳句というジャンルは面白くなってきました。現代の俳句作家は、5・7・5の十七音を遵守して俳句をつくるというより、5・7・5のリズム感をどう運用するか考えている、といえます。はじめの五音（上五《かみご》）はロングになる場合も多く、はじめて俳句を読む人は驚くかもしれません。でも、音読するとわかるように、中盤からのリズム感によって、うまく韻文として成り立ちやすいため、上五の「字余り」には寛容な人も多いです。真ん中の七音（中七《なかしち》）は日本語の性質上八音にしたくなるので、そうならないよう中八《なかはち》は禁じ手とされることが多いのですが、味方につければ作品に粘りが出ます。ラスト五音（下五《しもご》）が六音になったり七音になると、最後まで言い切りたいこだわりが感じられ、骨太な印象になります。音数が足りない「字足らず」は、不安な気持ちにさせたいときや、その空間に何かを感じ取ってほしい場合につかわれます。全体としては十七音だけれども、分けてみると7・7・3だったりすることもあり、「句またがり」と呼ばれます。オシャレに着崩している、とでも思ってください。

初心者向けの本に、「字余り、字足らずはよくない」と書いてあるのは、一旦は基本の5・7・5のリズムに慣れてほしいという理由です。5・7・5、やっぱり気持ちいいですし。が、作家にとっては、リズムを守るのも崩すのも技です。一句ごとに、本当にそうとしか書けないか、助詞や語順を吟味した結果なのです。

III

かわいい

小野あらた

春近しモデルルームに寝てみれば

強さうな鳩がをりけり梅見茶屋

春の昼パスタ一口貰ひけり

石材を包む毛布や花曇

陸にゐる母へ浅蜊を見せにゆく

卒業の別れを惜しむ母と母

おの・あらた　一九九三年、埼玉県生まれ。二〇〇六年、開成中学俳句部に入部。石田波郷俳句大会新人賞。二〇一一年、「銀化」入会。同年、「玉藻」入会。二〇一三年、「群青」の発起に参加。現在の職業はシステム開発。共著に『俳コレ』。

玉砂利の隙間に雪の残りけり

麗かやねぢの頭のばつ印

下向きの明るさのある椿かな

紋白蝶支柱の先の軍手かな

新築の壁に木の芽の触れたがる

春の光飯にかけたる塩見えず

苗札の花に押されて傾きぬ

大きめの犬に嗅がれる遅日かな

蛇苺ここまで来ては引き返せず

巣を少し離れて休む燕かな

浮き上がる海女に一本藻のかかる

蘖《ひこばえ》や真白く乾く団子虫

山葵田に素早き水の集まりぬ

野遊や食つて空腹思ひ出す

母の日やマッサージ機に顔震へ

さくらんぼ目をぱつちりと開けて食む

山麓は湖に映らず夏燕

海苔弁を山積みに売る南風

青田道新幹線とすれ違ふ

座布団の一枚違ふ蓬餅

春深し酢に溶け残る砂糖かな

川底に引つ掛かりたる夏蜜柑

梅雨湿り音楽室の木魚かな

沢蟹や石の間に水休む

食堂の小さき神棚かき氷

鳥の糞青葉の上に乾きけり

疲れたりプールの底の青色に

大き蛾は大回りして誘蛾灯

蟻の列蟻の骸を避けにけり

青葉風工具を仕舞ふ米袋

サイダーの氷の穴に残りをり

内側の羽根の挟まる兜虫

葛餅の黄粉流るる蜜の中

絵も文字も下手な看板海の家

夕飯の一口足らぬ端居かな

月光の濁りつつある船料理

団栗の千丈の渓跳ねゆけり

十月や昨日と同じシャツを着る

椎茸の切れ込みにつゆ溜まりけり

松茸の無くなりし飯嗅いでをり

手首まで糠の匂へる暑さかな

氷旗降ろすだけなる店仕舞ひ

割箸を祭の端に捨てにけり

扇風機うどんを滑る生卵

独活の花雨の濁りを残す川

甘茶寺日陰にも日の匂ひたる

新涼やタイルの目地を進む水

賑はへる闇満ちてをり草の市

ペン立ての鋏耳かき鰯雲

鮮やかな足つぼマット秋の暮

一すぢの皺の明るく障子貼り

松手入れ松より見える朝の富士

栗拾ひ山の裏手へ出てしまふ

キャラメルのおまけを立たす夜長かな

秋冷やチーズに皮膚のやうなもの
手術跡見せられてゐる夜長かな
松手入れ雲乗せやすき形かな
食べるのが早くて暇で暮の秋
遠山のかりそめのあを麦を蒔く
電気屋の脇の仙人掌息白し
雑煮椀餅を捲れば具沢山

船室にカレー食ひたる文化の日
剝がしたる皮の弾力秋刀魚食ふ
小春日やカツの衣の裏白し
凩や匙の付け根にラテの泡
暮早し野菜の箸と肉の箸
寄鍋をはみ出せる菜も煮えて来し
着膨れの呼ばれて首を回しけり
味噌汁と聖夜の残り物を食ふ
冬の雨高速バスの腹を開け
雨よりも暗き曇天枯芙蓉
枯蓮静かに波の通りけり
フレームの眩しき麓眺めをり
鶏に青き菜をやる旧正月
湖を船は出られず細雪

読み解き実況

山田耕司×佐藤文香

ちっちゃくても残るもの

小野あらた編

山田　駝鳥と雀だったら雀の方がかわいいみたいな素材だけの話じゃなくて、俳句としてかわいいかどうかを考えていきましょう。「かわいくない」をまず言っとくと、自分の抱えてる形式やスタイルを疑ったりする人。あと、自分自身を疑ってる人もかわいくない。で、小野あらたさんは、形式を疑う気配がない。季語や切れ字も素直に愛している。世には「愛するがあまり引き寄せて対象を壊しちゃう」タイプのかわいくない人もいる。小野さんはほどほどの、愛しすぎもしない、疑うこともない、かわいいゾーンにいる。それは簡単そうに見えて、自己反省も含めて言えば、とくに若者には難しい。で、彼は形式のど真ん中で、なおかつ、自分らしさを維持するために「つつましき我が身」を核としてるんじゃないかな。

佐藤　あらたさんは無意識にかもしれないけど、俳句との距離感、バランスがうまくとれていると思います。

山田　**〈夕飯の一口足らぬ端居かな〉**、「端居」っていうのは、逢魔が時みたいなちょっと虚の世界の臨界点みたいなところ。だから高野素十に〈端居してたゞ居る父の恐ろしき〉みたいな句がある。こんな俳句の世界のテイストに対して、夕飯が一口足らないっていう、そのいじましさの等身大感。自分を肯定するために「自分の小ささを告白する」姿勢が、そのまま俳句的な生理になってしまっている感じがある。

佐藤　これは彼の句についてよく言われていることですが、やたらと食べ物の句が多いんですよね。**〈椎茸の切れ込みにつゆ溜まりけり〉**とか**〈雑煮椀餅を捲れば具沢山〉**とか。

山田　具沢山なのに、態度はちんまりしてるよね！**〈春の昼パスタ一口貰ひけり〉**なんかも。

佐藤　この人、たぶん多趣味な人じゃない。俳句が好きってことしかない。詠める素材って、食べ物くらいしかないんじゃないかと(笑)。スノボとか行ってないだろうし、植物の句もあるけど、植物に詳しいってほどでもなさそう。彼は彼だけの小さな世界を生きてて、夕飯に出てきた椎茸を詠む。「パスタ一口もらった！」くらいのことが俳句になる。「ちっちゃ！」と関西弁で突っ込み入れたくなります。そんなちっちゃい生活や景色で、この小さな俳句形式で遊んでられるってことが、すげーな、って。で、それはどう考えてもかわいい。

山田　ちっちゃいといっても、すごく独善的なちっちゃさになっちゃう人もいると思うんですよ。それに比べて、読者との共有域をつくることを、彼は戦略的に見ているんじゃないかな。作者と読者の共有域を踏まえながら書くっていう、俳句の手さばきをちゃんと取り込んでるので、ひょっとしたら狙ってやっているのかもしれない。小野さんに関してはそんな「したたかさ」を思うところもありますね。

佐藤　高浜虚子あたりと近いところもあります。

山田　虚子！　モデルにあれこれとポーズをとらせつつ、自分が命じたわけではないよとうそぶく画家のような、そんなエロスが混入しているような……。

佐藤　もっと清潔です（笑）。おままごと的な。私が好きだったのは「母」シリーズ。特に〈**母の日やマッサージ機に顔震へ**〉、たぶん「マッサージ機にでも座って日頃の疲れ癒しなよ」みたいに言ってお母さんを座らせて、ブルブル震えてるお母さんの顔を見て、この句をつくってにまにましてる。母への感謝とかじゃなく（笑）。

山田　切れ字の「や」、これで俳句の顔つきに。形式に救われてるよね。骨法通りに書くことで世界のちんまり感が人前に出せるものになっている。

佐藤　〈**サイダーの氷の穴に残りをり**〉。穴があるのは飲食店の氷ですね。その穴に、サイダーの最後の少しが残っていて、もしデートだったとしても、自分のサイダーを最後まで吸い尽くしたあとの氷の穴にまだ残ってるのに興味津々で、相手の話聞いてない（笑）。

山田　これは「をり」に救われてる。俳句じゃなければ、リツイートされないくらいのつぶやきだよね。

佐藤　ほんとに。この人は自分の俳句がこの世界に数多存在し、それが大切にされることや、自分の句に囲まれて生きることに喜びを感じているんじゃないかな。将来結社の主宰になりそうな落ち着きもあります。

山田　いろいろな実験は、時代の嵐とともに過ぎ去ってしまって、時代に影響を受けていないこういうものが、この時代の成果として語られるときがくるかもしれない。

外山一機

おとうとの龍へんとうせんつうと云うてかへる

句集以外

風を量るやうにおとうと洗ふなり

梨を落とすよ見たいなら見てもいいけど

うれしい脱走柿の切株から見てゐる

川はきつねがばけたすがたで秋雨くる

みんな風邪奇妙にふえるきつねつき

とやま・かずき　一九八三年、群馬県生まれ。高校時代に上毛新聞のジュニア俳壇に投句したのをきっかけに作句開始。「鬣TATEGAMI」所属。一時「巻民代」の名でも活動。句集に『平成』（私家版）、『御遊戯』（巻民代名義、私家版）。共著に『新撰21』。

兄を吊る眉間にπを輝かし

句集以外

大脱走あそび金玉ぶうらぶら

刈りそめて身の毛やさしや凧

縄跳びも学芸なりき春暮るる

近眼の兄に風鈴売りやさし

よのはてのひやむぎゆでてゐましたの

舐めとりて匙にあたまや今朝の秋

隣室に外反母趾の鳥来てゐる

まなうらに小さく揺るる秋の紐

馬絶えて空にながるる何もなし

角砂糖頒つや姉はいつも遥か

松茸も松田家もゐて日本かな

冬菜畑にをり怒られませんやうに

フライパンですきやきをするのだと思へ

くれたけのよの乾鮭の長さかな

歌留多から気持ちのやうに君の声

春の田に座れば知恵の足らざりき

そこからさきはくちびるになる啄木忌

見られてゐる僕の水没気球から

初霜もまるこ・ぽおろも日当りぬ

午すぎの真綿ひそかに棄てにけり

降る雪にやさしき父の鼠講

降る雪やまがふかたなきシルバニア

装幀はやさしきわざや肝油食む

大安の川を見てゐる涎かな

また三月また社会貢献がしたい

*

健啖のせつなき子規の忌なりけり（岸本尚毅）　『平成』

検痰《けんたん》の
刹那《せつな》
儀式《ぎしき》の
奇《き》なりけり

神父らの弱き野球やかきつばた

うつし世に天覧席のありにけり

よもつひらさかそこは三杯酢がいるの

佐藤さんがへんな目で私を見るからMにそれを打ち明けてみた。Mは、ふうん、佐藤さんて男なの女なの、と基本的なところを聞いてくる。男よ、と言うと、良かったじゃん、とずいぶん気楽だ。これは問題じゃないかしら？　やっと地デジ化したテレビつけたら、昼間のTVKから「残暑お見舞い申し上げます」だって。秋か。

おにく食べれない佐藤さん、も秋よね、秋秋。

『御遊戯』

「コーヒーゼリーを頼む人ってどういう気持ちなのかしら」「僕は好きだけど」「それって蕎麦屋でカレーを頼むような感じ？」Mは長いこと黙って考えていたけど、そうしてるあいだにもリビアじゃきっと国旗焼かれたりしていたのね。

引鶴！　ねえアフリカが全部ほしいの

すっぽんぽんでかわいそうなもの、3号機とあたし。

「ふくしまのうた」

＊

句集以外

「捜龍譚《とらごんくえすと》」

山峡にかざあぶてふ寒村あり。一夜、毒針てふ珍器の噂を聞く。
女の手にても一突きにして人を殺むるといふ

ふたまたの

あねの撲たれし

陽の溜まり

のあにいる村にまんげつ草なるを鬻ぐ者あり

麻痺《しびれ》には

まんげつさうが

ききませう

だあまは世人の転職を司る神を祀りたる社なり。余に一戦友あり。
僧侶なれどもこれよりは戦士たらんことを希へば

戦士可愛や

ほいみほいみと

まじなへる

まだ揺れてる、ほしいものいっぱいあるのに。

走るの嫌なの歩くのはもっと嫌。

去年今年君は普通に良い名前

僕は季語ここは湖みたいに明るい

いいよなあ公魚はもうぜんぶがしずか

赤紙をありったけ刷る君に届け

句集以外

＊

そこからさきはくちびるになる䂖木忌

口吸へば
汝に口無し
名は
浪江

＊

あいしるぼくら
てつなぎねむる
ろつてりあ
「あいしるのうた」

読み解き実況

山田耕司×佐藤文香

外山一機編

見られたい願望のよじれ

山田　まず最初に言わせてもらうとね、外山一機はかわいくない！　ただもしかわいいところがあるとすれば、「自分自身や形式を疑ってみせるボクが、人からどう見えてるかな」ってチラ見してるところ。

佐藤　まさに、〈**梨を落とすよ見たいなら見てもいいけど**〉という句が、外山さん自身を表しているような句じゃないかなと思って。自分がただ梨を落とす。言わなければ誰も見ないのに、「見たいなら見てもいいけど」って、見てほしいわけですよね。変質者っぽい句です。〈**うれしい脱走柿の切株から見てゐる僕の水没気球から**〉も、〈**見られてゐる**〉も、こっそり見ている／見られてる、という句で、このキモかわいさ！　と思いました。

山田　高浜虚子の〈川を見るバナナの皮は手より落ち〉で、「川を見る」っていうまなざしは、それほど積極的なものじゃない。目に川が映ってるという風情。「バナナの皮は手より落ち」には、ちょっと作為的な仕掛けの匂いもあるんだけど、それが作為に見えないような工作として「川を見る」という眼差しのあり方を利用している。そもそも俳句を書こうということ自体が意志のなすところなのに、「意志なんて働いてないもん」という仕上がりにする。そういう俳句観があるとして、その「意志」のはらむ欺瞞のようなものを見逃せないタイプなのでしょう。気づいたことを自分でも装着して「あちら側」に行ってしまう人と、気づいたことへの批評性を溶かすことなく「こちら側」に踏みとどまらざるをえなくなる人がいるとして、外山さんは「こちら側」の人。

佐藤　この人の句の内容というのは、俳句自体をどう見るか、みたいなことが多い。〈**僕は季語ここは湖みたいに明るい**〉、「僕は季語」の部分に、今までの句だったらふつう「秋風や」みたいなのが入って、湖の描写、となる。それが、「なんだこれ！　ここ、明るいぞ！」って、自分がある日突然季語キャラになって喜んでるみたいな句で、しかも湖じゃなくて「湖みたいに明るい」。もし秋風に変身してるとしたら、「すでに通ってきた湖の上と同じ明るさだなぁここは！」と思いながら教会の中にいるかもしれない。そういうことを書くのって、俳句への批評です。でも批評にとどまらない面白さがある。

山田　そうだね。「無自覚なのは自分じゃない」とか、「常識に無批判に乗ったら現代俳句じゃない」みたいな「ではない」という文脈が、表に出がちかもしれないですね。いろいろな文体を書き分けることにチャレンジしていますが、それは外山さんの動機ではない。俳句形式にとってこれが必要なのではないかとかいう外側の動機のように見える。それを自覚的行為に見せるところの屈折は面白いかもね。

佐藤　俳句を愛しすぎて、俳句と自分の区別がつかなくなっているようにも見えますね。巻民代名義で書かれた『御遊戯』は、文章のなかに俳句を挿入するようなかたちで進みます。今回、外山さんに限ってだけ文章（前書き）ごと作品としてとりあげようと思ったのは、そこまで含めて俳句だというのを、俳句というジャンルに持ち込もうとする作家であることに意味があると思ったから。

山田　このシリーズはどの句も、発言とか、誰かの立場から誰かに呼びかけた言葉ですね。「返信」を求めている部分があるのかもしれない。

佐藤　句集『平成』のなかの「捜龍譚《どらごんくえすと》」は、ゲーム「ドラゴンクエスト」を俳句化する試みです。次の作品は、既発表の自作を震災の文脈で多行俳句に書き直しています。何かを下敷きにして自分の言語感覚を試している。創造性の大半は一句の外側にあります。私はこの人が俳人であるかどうかはどうでもいい。切実な衝動のある現代の書き手として、外山さんを推したいです。そんなことばっかり言って、俳句好きなクセに♡って、ウインクしたくなります。

山田　あえて言えば、この人が最も遠ざかりたいのは、俳句を無条件で愛している母性のようなものかもしれないんですよ。でも皮肉なことに、外山一機に対する母性を持ってる人じゃないと、外山一機を評価できないかもしれない。私だけはあなたの気持ちがわかるのよ、って抱きしめたくなったら、外山一機の作品をまた読むんだろうね。本人の意図と全然違うような気がするけど。

佐藤　外山さんは、大学時代、今の妻しか友達がいなかったって話をするんです。もう大丈夫、私たち友達じゃん。今度さ、徹夜でスーファミとかしようよ。

西村麒麟

とびつきり静かな朝や小鳥来る
へうたんの中に見事な山河あり
ばつたんこ手紙出さぬしちつとも来ぬ
いきいきと秋の燕や伊勢うどん
落鮎や大きな月を感じつつ
猪を追つ払ふ棒ありにけり

『鶉』

にしむら・きりん　一九八三年、大阪府生まれ。種田山頭火の本を立ち読みしたのが句作のきっかけ。第一回石田波郷新人賞。第四回芝不器男俳句新人賞大石悦子奨励賞。第五回田中裕明賞。第七回北斗賞。「古志」同人。句集に『鶉』。

ぶらついて団扇に秋の来たりけり
蟹動くどの白露もこぼさずに
絵が好きで一人も好きや鳳仙花
桔梗のつぼみは星を吐きさうな
島の秋覗けば何かゐる海に
初めての趣味に瓢箪集めとは
虫の闇伸びたり少し縮んだり
お見合ひの真つ最中や松手入
大根の上を次々神の旅
冬帽や君昔から同じかほ
手をついて針よと探す冬至かな
墨汁が大河のごとし蕪村の忌

『鶉』

凍鶴のわりにぐらぐら動きよる

おでん屋のあたりまで君居たやうな

冬ごもり鶉に心許しつつ

ぜんざいやふくら雀がすぐそこに

お雑煮のお餅ぬーんと伸ばし食ふ

初湯から大きくなつて戻りけり

あくびして綺麗な空の彼岸かな

ポケットに全財産や春の旅

夕べからぽろぽろ泣くよ鶯笛

昼酒が心から好きいぬふぐり

端居して幽霊飴をまたもらふ

『鶉』以降

妻留守の半日ほどや金魚玉

あやめ咲く和服の人と沼を見て

草市や早めに夜の来る町に

盆棚のパプリカ赤し芋の横

踊子の妻が流れて行きにけり

秋の金魚秋の目高とゐたりけり

虫籠の修理や虫に見られつつ

鈴虫は鈴虫を踏み茄子を踏み

秋の庭どこへも行かぬ人として

紫の一つ一つが鳥兜

涼しくていつしか横に並びけり
水浅きところを桃が回りをり
草相撲代りに行つて負けにけり
灯籠の苔の感じも秋らしく
鶴来ると光る小さな鏡かな
俊成は好きな翁や夕焚火
侍の格好でする鏡割

『鶚』以降

猪の顔の走つて来たりけり
山柿や一年中をその帽子
蟷螂枯る草木の露を見上げつつ
冬の雲会社に行かず遠出せず
金沢の見るべきは見て燗熱し
水浅きところに魚や夕焚火
昔からピアノがありぬ狩の宿
鮟鱇の死後がずるずるありにけり
宝船ひらひらさせてみたりけり
見えてゐて京都が遠し絵双六
平たくて大きな家や餅臼
白鳥の看板があり白鳥来
どの鯉を買ふか見てゐる雨水かな
蛤の水から遠く来たりけり

虚子とその仲間のやうに梅探る

ぜんまいののの字の事はもういいや

嫁菜飯宿の暗さも気に入つて

踏青や妻を横から見てをりぬ

鰻重を真つ直ぐ伸びてゆく光

朝食の西瓜が甘し思ひ出帳

柄の長き奈良の団扇を秋にまた

鴨引くや五十冊づつ本を捨て

朝寝から覚めて畳の大広間

蛇穴を出てゑがかれてゐたりけり

そこに居るごとく着物や月おぼろ

花衣そのまま鍋の蓋開けて

鳥の巣けふは鳥がゐたりけり

太陽の大きな土佐や遍路笠

散りやすく散りゆく彼岸桜かな

セルを着て世界の肉を食べる会

扇風機襖を開けて運びしは

日射病畝だけ見えてゐたりけり

大鯰ぽかりと叩きたき顔の

朝鮮の白き山河や冷し酒

玄関に蟹が来てゐる盆休み

読み解き実況

山田耕司×佐藤文香

いつだって俳句コスプレ

西村麒麟 編

佐藤　最近、麒麟さんが「雉や雲雀と遭遇してすごくわくわくした」ってツイートしてて、麒麟さんだな〜と思った。雉とか雲雀とか鶉とか好きですよね。この人。

山田　まじで言ってるんですか？　なんかの喩じゃなくて？（笑）それは認識を新たにしなきゃいけないかな。私はこの人は「コスプレイヤーのかわいらしさ」だと思ったんです。俳句を本当に実装して、自分は俳人になろうと思ってる人もいるかもしれないけど、西村さんは、俳句コスプレしてる人じゃないかと。コスプレイヤーは本物の刀なんか下げてなくていいんですから。**〈侍の格好でする鏡割〉**は、句の内容も含めて、自分のアバターを「俳句を書く人」って決めてるんだと思うんです。俳句的なものに擬態してるというか。その一貫性を感じます。

佐藤　麒麟さんは、鶯笛《うぐいすぶえ》とか瓢簞《ひょうたん》とか、一般の人がいかにも俳句、と思いそうなものがふつうに好き。非日常でコスプレしてる人じゃなくて、毎日コスプレしてたい人じゃないかな。現実逃避なのかもしれませんが。

山田　**〈柄の長き奈良の団扇を秋にまた〉**、これね、どれだけこってりした伝統的な句かと思いきや、実はコスプレイヤーによってつくられた伝統ってかんじがするんですよ。**〈冬ごもり鶉《うずら》に心許しつつ〉**、これも、俳人と鶉のこういう出会いもあるだろう、という想定のもとに書いてるような印象を受ける。あ、これ、批判ではありません。コスプレをすることによって、自分を活気付かせたり、自分自身の本質をそっちに置いておく、大事なことはそっちで考えたりやったりする人だっています。必ずしも日常の連続性だけが自分の人生ではないので。

佐藤　定型や季語の把握が、軽くてゆるいのが妙なところです。**〈お雑煮のお餅ぬーんと伸ばし食ふ〉**、「ぬーん」は、上手な俳句を目指している人には言えない。ここまでやればいけるとわかって書いてる。あと、すぐ悲しくなったり嬉しくなったりする人でもあります。**〈ばつたんこ手紙出さぬしちつとも来ぬ〉**、「ちつとも来ぬ」ことについて残念だなと思ってるんだけど、まぁ自分が出さないのが悪いんだよなあ、と。「ちつとも来ぬ」とか、「心許しつつ」とか、心中を俳句に軽く出しちゃう、モノに託したりしない。そこにグッときます。

山田　「手紙出さぬしちつとも来ぬ」というのは、現実とのディスコミュニケーションというふうにも考えられる。現実とは繋がってないんだけど、〈**虚子とその仲間のやうに梅探る**〉、自分の居場所がわりとバーチャルな俳句フィールドっていうんですか、俳句宇宙みたいなのがあって、その俳句宇宙の中で、仮想に生きてるというか。形式は擬態によってこそ次の時代に残っていくような気もするんですよね。そういうふうに、俳句の世界のなかで俳句に染まっていたいってのもアリだと思う。

佐藤　〈**宝船ひらひらさせてみたりけり**〉、「宝船」は新年の季語です。いい初夢を見るために、宝船の絵を枕の下に敷いて寝る。それを「ひらひらさせて」るだけ。こんなへろへろの句書いてどうするんだって思いますよね。楽しいんだろうなぁ。そこがかわいい句です。江戸の俳諧的なところもあって。ハウツーでは書けない。

山田　仮装伝統を句の成立フィールドに据えると、記憶が初期化されたアンドロイドみたいな句、つまり、自明のことを発見する句を詠みがちな気がする。〈目が見えて耳が聞こえて冬の森　山田露結〉みたいな。

佐藤　麒麟さんはそうじゃないですね。俳句は発見が大事と言われますが、単純な発見の句はそんなにない。もっと心が俳句に浸っていて、そこから出てくるかんじ。

山田　西村さんは清澄な自分、清らかで伸びやかな自分っていうのを持ってる。それは俳句フィールドのなかに生息する、アバターとしての自分なのかもしれないね。責任感のある人だとも思うんですよ。チャレンジして、ちゃんと回収する。〈**平たくて大きな家や飾臼《かざりうす》**〉でいえば、「平たくて大きな家や」って言うかな？　と思うんだけど、「飾臼」って出されると、それによる連想の筋目ができる。季語を介することによって読者に理解できるようにメンテナンスしてくれる。

佐藤　〈**金沢の見るべきは見て燗熱し**〉。金沢城も兼六園も行ったし、ささ、酒でも飲もうみたいな、このちょっとダメな人感。愛されちゃう。でも、自分や自分の句が愛されちゃうことを知っても調子に乗らず、ゆるゆるな言いまわしをどう作品として成立させるかというところに全神経を集中させて、これからも書いてほしいです。

田島健一

僕らたまたまみんな駒鳥おそろいの

噴水の奥見つめ奥だらけになる

ところてん突然つよく名前呼ぶ

明滅や夕立を少女は絶対

ごちそうと冷たいまくら谷は秋

グリコ横取り僕の横ふかい霧

『ただならぬぽ』

音楽噴水いま偶然のこどもたち

冷遇ガール多彩な蛇に名前あり

虎が蠅みつめる念力でござる

沙羅の花双子をふとくふちどるフォト

西日暮里から稲妻見えている健康

鹿が見つめる君の子はだいじょうぶ

メロディやぼんやり島のさつまいも

クリスマスイブ雨アルミニウムの牛

父くじら子くじらリクライニングシート

凍鶴や産業の火を持ちあるく

謹賀新年まなこきれいな蛸つかみ

晴れやみごとな狐にふれてきし祝日

『ただならぬぽ』

たじま・けんいち　一九七三年、東京都生まれ。結社「炎環」同人。同人誌「豆の木」「オルガン」参加。句集『ただならぬぽ』。共著に『無敵の俳句生活』『新撰21』『超新撰21』がある。

静寂に色鳥ときどき言葉わかる
鶴と鶴の骨格うすべにいろの雲
郵便の白鳥を「は」の棚に仕舞う
白鳥定食いつまでも聲かがやくよ
なにもない雪のみなみへつれてゆく
ひらく雛菊だれのお使いか教えて
息のある方へうごいている流氷

菫あつまるとみなとのような庭
とくべつな光を食べて春の鶴
根の研究あかるくて見えにくい蝶
接吻のまま導かれ蝌蚪の国
空がこころの妻の口ぶえ花の昼
ひけらかす死のかりそめを明るい雨季
蟹追う犬空間が混み合っている
青鷺や泥がとりまく孤独な樹
視野に白鷺くちびるがふとあまい
翡翠の記録しんじつ詩のながさ
蜜豆や大人ばかりの冷えたホテル
ならず者たちがいちれつ秋螢
桃の実のふくらみ病を書くことば
みなが霧感じてバドミントン大会

『ただならぬぽ』以外

流氷動画わたしの言葉ではないの

桜降るどのひとひらも妻の暮らし

餅肌や見えない滝で充ちている

ただならぬ海月ぽ光追い抜くぽ

枇杷無言雨無言すべてが見える

妻の長さのソファーに眠る妻さやか

『ただならぬぽ』以外

眼鏡置き胡桃を眼に近づけて見る

ふるい雨あるくとふえている野菊

踊るのが楽しい霧のサラリーマン

涙目なみだ月の天秤たいらかに

犬も月を月だとおもい不思議かな

木の実降る町ここのつの郵便局

黒く強い樹ふゆをあふれる園児たち

冬鳥はかわいく太り声は弓

ブーツ脱ぎすて陽あたりの良い娘

短日や壁に吊るして素朴な笛

雨後の狐消えて予言の一部なる

双六や大いなる者きてのけぞる

銀のポップカルチャー福達磨が軽い

野を焼いて片眼かがやく本の中

普通科の子と暖かき円のなか

連弾や日の暮れるたび菊育つ

きつね双眸イメージを充塡す

きさらぎを床に埋もれてました姫

ふきのとう本降りの刻ながれゆく

葉桜や空は疎にして鳴らせば葉

長寿ってすてき青葉の海ひろびろ

テニスコートにふたりは生きて日雷

鍵男爵は鍵にくわしい春あらし

雛納め手のひらが闇さかのぼり

春の星きれいに洗うみほんの石

乗る波を待てばひかりの顔や春

森は春たけなわスマートフォンが窓

泣くさくら名前を書いた矢を渡し

空豆や指の先まで唄にして

街が眼のかたちに梅雨は明けている

生るる蟹大気はプラチナの曇り

切手一片かわせみ港さようなら

滝つぼへ射るひかる矢は匂う草

白玉のような欲あり可愛いひと

蟹の眼にいつもうすむらさきの雨

水番の絶景ににわとりがいる

読み解き実況

山田耕司×佐藤文香

田島健一編

俳句であることが乱反射する

佐藤　大好きなのは〈**僕らたまたまみんな駒鳥おそろいの**〉。どっちを見ても、「うわーおそろいだー！」って思う。でもみんな駒鳥でしかもお揃いってのは、そうじゃない世界を思わせて悲しい。池田澄子の〈じゃんけんで負けて蛍に生まれたの〉に似た、たまたま生まれ落ちた感があります。没個性の我々、と取れなくもないですが。

山田　基本的には余剰な言葉が多いんですよ。「たまたま」「みんな」「お揃い」っていうのは、ほかのことでも全部当てはまっちゃうかもしれない。一般論ですけど、俳句作家には余剰を削ろうとする傾向があるわけです。読者に伝わるか検証しながら言葉を選んでいく。自分の思念や実験精神みたいなのも、読者には邪魔だから、削る。でね、個性というものは削られていく方に入るから、それを残そうと争うのもまた俳句作家の生理なわけです。でも田島さんはね、そういう争いの外側にいて、無駄なもの入れるのが好きな人なんだと思うんですよ。それによって、俳句であることが乱反射しちゃう。別の言い方で言うとね、ふつう俳句をつくろうっていうのが「ご飯を食べて健康な行動をする」ことだとすれば、この人はお菓子が好きな人みたいなかんじ。〈**ただならぬ海月ぽ光追い抜くぽ**〉、この句には、作家の資質そのものであるような余剰の「ぽ」が本体であり、そのアリバイのような言葉で俳句というパッケージに仕立てられている風情があります。

佐藤　田島さんは無駄な言葉か、無駄じゃない言葉かの区別がない人なんじゃないでしょうか。「餅肌」や「長寿」って、我々のすぐ近くにあった言葉ながらも、あたかも俳句にはいらないもののように、我々から見えなくなっていた。俳句やってる人が季語を見ると、その言葉が浮かんで見えるように、田島さんにはすべての言葉がピコーン！　って光ってて、そこからピョーン！　って取ってきて、入れてみたら、すげー光り方してる！　そんなふうに俳句をつくってるんじゃないかと。

山田　俳人のディクショナリーを使わないよね。たとえば歳時記はその代表だけれど、俳人が好きな世界観、天候、季節に関しての感性だとか、そういう叙情性にはまず立脚しないようにしているね。

佐藤　たぶんこの人、言葉を摑み取って入れてる段階では、その句の良さについてまだ理解が及んでなくて、だからいろんなものができちゃうんです。たまにガチッと急に光ったときに、メロディーや背景が生まれる。〈**流氷動画わたしの言葉ではないの**〉、「流氷」じゃなくて「流氷動画」であることがこの句を光らせている。「流氷」「動画」と「わたしの言葉ではないの」っていう言葉がたまたま結びつくことによって、流れてる動画と、画面の前にいる私と、流氷動画の側で話してる人たちが3Dみたいに浮き上がる。組み合わせだった言葉が新しく意味を帯びるんです。何を言っても誰かの言葉であるかのような、自分の心は流氷に流されてしまったかのような。「流氷」が季語ですが、季語を動画中のものにすることでメタ的に捉えたことも含め、名句です。

山田　ふたり、二人称、私と誰か、っていうときは、しっとりしますね、この人。奥さんのこととか、〈**テニスコートにふたりは生きて日雷**〉、助詞の「は」に、世界と自分との距離を自覚してる姿勢が見える。我にかえったときはふつうの俳人っぽい。それ以外は、定型だけを頼りに、「俳句」にならないよう世界との遠近感を壊そうとしているフシがある。

佐藤　定型感も独特で、5・7・5よりもっと小さい単位で考えてる気がする。〈**クリスマスイブ雨アルミニウムの牛**〉も、この「雨」の入れ方とかおかしいです。

山田　これはとても面白い句で、すごく体脂肪率の少ない、デジタル的につくったかんじなんですよ。ひとつの着想に対して「俳句だったらこうだよね」って読者である自分が修正しちゃうのを、意識的に避けている。もし理論に即してこれをつくっていたら、前衛的な匂いがするんだけど、不思議と田島さんって前衛的な匂いがしなくって、どっちかと言うと幼児的なかんじ。

佐藤　「言葉でこんなことができたよ、見て見て！」って、毎回妙なものをつくって、ケンちゃんが見せに来る。

山田　どういうふうにやって次弾けるかな、今度は何しでかしたんだろうなって、読者が期待させられてしまう。ぱーっとやり逃げることもあるけどね。この人が作品出してると思うと読みたくなりますよ。中毒性があります。

関悦史

人類に空爆のある雑煮かな

『六十億本の回転する曲がつた棒』

蠟製のパスタ立ち昇りフォーク宙に凍つ

関ヶ原に雲形定規あつまり春

Eカップとわれも名乗らん春の地震《なゐ》

口閉ぢてアントニオ猪木盆梅へ

皿皿皿皿皿血皿皿皿皿

せき・えつし　一九六九年、茨城県生まれ。第一回芝不器男俳句新人賞城戸朱理奨励賞。第十一回俳句界評論賞。第三回田中裕明賞。「豈」同人。句集に『六十億本の回転する曲がつた棒』『花咲く機械状独身者たちの活造り』、評論集に『俳句という他界』。

白雲に白雲つるむぽこんぽこん

『六十億本の回転する曲がつた棒』

小UFOが家通り抜け春と思ふ

春水なる汝《な》を抱かんとす大気我《われ》

季語といふ漢意《カラゴコロ》こそ桜かな

はつなつといふものうすく目をひらく

げぢ吸つて掃除機光る筑波かな

縛り棄てなる『ノルウェイの森』田に白鷺

エロイエロイレマサバクタニと冷蔵庫に書かれ

シュレディンガー音頭は夏を「Ψ《プサイ》にΦ《ファイ》」

山車競演に照らされナンパの一部始終

どこの莫迦が人など造つた　へい、あッしが

死にしAV女優の乳房波打つや

牛久のスーパーCGほどの美少女歩み来《く》しかも白服

逢ひたき人以外とは遇ふ祭かな

小鳥来て姉と名乗りぬ飼ひにけり

スクール水着踏み戦争が上がり込む

『花咲く機械状独身者たちの活造り』

しめぢにはしめぢ型なる天使来る

核冷えの放置田に一羽の鳶を見き

セクシーに投票箱は冷えてゐる

ヘルパーと風呂より祖母を引き抜くなり

年暮れてわが子のごとく祖母逝かしむ

四次元はわれらを見つつ萌えてゐる

『花咲く機械状独身者たちの活造り』

筍に目玉を一つ与へけり

田植機の誤操作ならむ道ぢゅう苗

「母さん」と我を呼ぶなり蛇の衣

誰よりの電話か滝の音のみす

釣堀に映れる天の臓器かな

くらげに「おーい」と手を振る浪速の女学生

白日傘二青年入り天の如し

男子二十名水着の体見つ見られつ

自転車《チャリ》二台「空腹！」「俺も！」「じゃーね」と別れ夏の暮

UFOのよく発ちし山滴れる

油蟬涙目なれば知友めく

東電に賞与の出たる冬の海

元朝や瓦礫となりて瓦礫に棲む

全国の線量計の御慶かな

取り出さるる燃料棒へ賀状書く

官庁街万の自死者を淑気とす

ヤベエ勃《た》つたと屈むお前と春の暮

恋の如くダクトは這ふや北斎忌

立つてわしわし歩く折鶴秋近し

桐一葉落ちて「俺つて嫁にどうよ?」

脳内にバーンと音や秋の山

墓参砂の火星を懐かしむ

白桃やクリック音のして消ゆる

ラブドールの手入れ法視る秋思かな

路面を知り擦り傷黒き梨をもらふ

淋しさの石殖えてゆく布団かな

黴蜜柑突くうれしさよ眼白二羽

かも南蛮とつぶやけば鴨みな去りぬ

解脱解脱と枯葉来たるを掃きにけり

列島砕きつ惑星大の宝船

一椀の暗黒物質《ダークマター》の初笑

観覧車のごと鶏《とり》ロースト機や寒灯

ピコピコハンマーもて打ちあへる踊かな

マクロファージの社交ダンスのローマかな

天球冷え真実蛸は無脊椎

イクラ丼テレビに映りゐる　時間

白ふくろふの真似や正月家にゐて

『花咲く機械状独身者たちの活造り』以降

二ッ月の「ン」を討ち果たす旅にをり

穴愉しすぐ死ぬ蟬を吐きてのち

作者・テクスト消えて蜂の巣また太り

スペースシャトルの猿の意識や石鹸玉

シンクに黴首都に異国の基地がある

汗や地下を嗄れし喉として帰る

祭の子津波廃墟を覗き込む

秋濤や岩の穴どもみな眇《すがめ》

月光がガソリンスタンド跡地にゐる

「プラチナ買います」てふ店舗被曝の雨に冷ゆ

テロの中に汝が肉と魂冬の雨

流氷と流れ来《く》つかみあふ兵の凍死体

学費にお困りならぜひ…………戦場に男根飛ぶ

夢の枯野が開発されてしまひけり

『花咲く機械状独身者たちの活造り』以降

倒れゆく体が我や山笑ふ

内臓のひとつは夏の月にかかる

読み解き実況　**山田耕司×佐藤文香**　関悦史編

関悦《セキエツ》史という多面体

山田　社会的な素材や自分の家族のことを扱ってるけど、も、それはあくまで「素材」。おもしろいフレーズが捕獲できたかどうかが彼にとってのキモなんだと思う。

佐藤　〈**セクシーに投票箱は冷えてゐる**〉〈**取り出さるる燃料棒へ賀状書く**〉とかって、自分の意見は言ってない。笑えるレベルまでにならないと、作品としては不足、って思ってるんじゃないかな。関さんの句は、基本ウケる。

山田　で、私からすると、この人には、捕虫網を持って言葉の奇態を追いかけてる中年男子のかわいさがあるんですよ。関さんの素敵なところはね、なんら生産性がないところかな。捕虫網がとらえる内容の生産性のなさそのものには、芸術性がある。役に立たないものであるからこそ、手元にとどめる価値は自分が決める。そうした覚悟があるし、そのことを一所懸命やってる。で、それを我々はなにかと観察したくなる。

佐藤　関さんっぽさみたいなのは実はそんなにはない。もちろんこういう書き方は多いみたいなのはあるんですけど。関フィルターみたいなのがそこにあって、自分の前を通り過ぎていく現代なり知識なりみたいなものを、すくい取っては出すみたいなかんじ。

山田　捕虫網というより定置網なのか。

佐藤　それを毎回、関さんが面白がりながら出していってるのがかわいい。だって〈**しめぢにはしめぢ型なる天使来る**〉って（笑）。人間だったら人間の天使が来るんだから、しめじだったらしめじ型の天使が来るだろうってことでしょ？　これを関さんがいいなと思いながら書いている事実自体がかわいすぎるじゃないですか。

山田　〈**イクラ丼テレビに映りゐる　時間**〉。これは富澤赤黄男の〈草二本だけ生えてゐる　時間〉のパロディー。パロディーは外部からの批評なわけですけど、批評って憎たらしくなりがちだよね。関さんの場合かわいい方向に行く。ちゃんとイクラが季語だから、俳句的な読みもできる。イクラ丼がテレビに映ってる「時間」なんていちいち大げさに言うことないじゃないか、って突っ込みが来るのを想定しつつ、さらなる批評で武装することなしに、自分の句を「他者の批評を促す現象」としてさらしていくスタイル。閉じている価値観と同じ土俵に立たない涼さみたいなところが、関悦史。

佐藤　その前の句〈**天球冷え真実蛸は無脊椎**〉も鷹羽狩行の〈天瓜粉しんじつ吾子は無一物〉のパロディーです。この人は今までの俳句を雑食、網羅的に読んでるじゃないですか。好きなタイプだけ読んでそれを目指して書くんじゃなくて、全体を俯瞰してる。今日この句だったらこの書き方で、みたいなことができる。第二句集のなかにBL（ボーイズ・ラブ）という章があって、「ふらんす堂通信」の編集部に無茶振りで頼まれて書いた作品とのことですが、それが〈**ヤベエ勃《た》つたと屈むお前と春の暮**〉みたいな、名句を生んでるんですよね。

山田　うっへっへっへっへ。

佐藤　無茶振りは結構好きって関さん自身言ってましたが、依頼に対して面白いことを、素晴らしい作品を書いてやろうというサービス精神のある人です。

山田　請負としてのプロですね。関さんらしさがないっていうのはある意味褒め言葉なのかもしれない。

佐藤　多面的な人であることこそが関さん。暑い中土浦からデモに行く人でもあるし、〈**かも南蛮とつぶやけば鴨みな去りぬ**〉を書く人でもあることが大事。鴨がいっぱいいる池で「かも南蛮」ってつぶやいて、鴨がぶわーってみんな去る。ネットスラングでいえば「草」（笑）。物知りな人なので、哲学や小説を下敷きに書いた面白い作品で、私の知識不足で読めていない句があるだろうことが残念です。でも関さん曰く、元ネタがわからないくらいでも面白がってくれればそれでいいって。

編集　関さんは俳句に詳しくない人でも面白いと思えそうな人ですね。一般の人にもわかるかんじがしました。

山田　散文の文脈がある。韻文の文脈じゃなくて。飛躍とか切れがわかりにくくないんでしょう。

福田　読みが分化しちゃうような句は少ない。関さんの句で二通り三通りの景が考えられるのってあんまりない。

山田　俳人っていうのはクエスチョンマークを書きたがる、その句を読者に考えさせたいみたいなことがあるじゃない？　だけど関さんの場合には、解が書いてあるのかもしれない。でもね、解がネタバレにならないのが素晴らしい。いいものが適切に取り出されてる感がある。

津川絵理子

一握の土のつめたき苗を買ふ
木漏れ日のあつまるごとき子鹿かな
百合生けて壺より深き水と思ふ
くちばしの一撃ふかき熟柿かな
小鳥来て声につながる山と山
見えさうな金木犀の香なりけり

『和音』

つがわ・えりこ　一九六八年、兵庫県生まれ。一九九一年、「南風」入会。鷲谷七菜子・山上樹実雄に師事。第五十三回角川俳句賞。第一回星野立子賞。第四回田中裕明賞。現在、「南風」主宰（村上鞆彦と共宰）。句集に『和音』、『はじまりの樹』。

初蚊帳のすこしすつぱき香に寝たり
鮊子を泥のごとくに量りをり
軋みつつ花束となるチューリップ
香水の香の輪郭の来て座る
腕の中百合ひらきくる気配あり
水着きてをんな胸よりたちあがる
鈴振るやうに間引菜の土落とす
無花果をなまあたたかく食べにけり
着ぶくれて街中なんと鏡多し
造花よりほこりのたちぬ冬館
春雪や吹きガラスまだ蜜のごと
切り口のざくざく増えて韮にほふ

『和音』

『はじまりの樹』

鷹化して鳩となりけり祖母にひげ

梅雨空といふたて長の景色かな

揚羽蝶森の空気のひとかたまり

真清水を飲むやゆつくり言葉になる

立ち直りはやし絵日傘ぱつと差す

滝涼しともに眼鏡を濡らしゐて

サルビアや砂にしたたる午後の影

『はじまりの樹』

ひつそり減るタイヤの空気鳥雲に

貝寄風や柱まぶしく家の建つ

つばくらや小さき髷の力士たち

行く春や種たつぷりの鳥の糞

亀ときに夏の落葉の音を曳き

ガソリンの一滴にほふ茂かな

峰雲へつめたき脚を組みにけり

涼新た昨日の傘を返しにゆく

助手席の吾には見えて葛の花

また釣れて釣人しづか秋曇

笹鳴や亡き人に来る誕生日

ひらめくや冬の林檎を割るごとく

主婦となるセーターの腕ながながと

くちびるのざらりと遠き火事のあり

直線のふくらんでゐる新豆腐
おとうとのやうな夫居る草雲雀
秋草に音楽祭の椅子を足す
犬の尾のきりきり巻くよ餅配
引力は血潮に及ぶ鏡餅
雲中をすすむ月蝕西行忌
巫女それぞれ少女に戻る夏の月

『はじまりの樹』以降

白鳥の怒れる腋を見せにけり
若狭より電気の届くふきのたう
初蝶といふ一瞬のうすむらさき
墨当てて硯やはらか百千鳥
雨の日の雨の窓ある雛かな
流し台乾きし午後を鳥帰る
雨弾く厚きてのひら諸葛菜
髪切つて夕べとなりぬ芝桜
芝桜今日いくつもの披露宴
マンションの木々みな若し愛鳥日
狂ほしき犬の挨拶アマリリス
帰路はよく話す青年韮の花
日蝕の風吹いてくる蝿叩
近付けば雪渓暗き眼をひらく

『はじまりの樹』以降

呼鈴を押す夏帽子二つ折

蟻と蟻火花の如く探りあふ

暮れかかる空が蜻蛉の翅の中

鳥渡る足場の中にわが家あり

タランチュラなめらかに来る夜長かな

断面のやうな貌から梟鳴く

古暦日の差して部屋浮くごとし

干すときも靴そろへられ秋の虹

ペリカンの飛ばぬ肩幅秋の風

押入れの空気出てゆく菊日和

ボールペンにバネの手応へ秋高し

受話器置く向かうもひとり鳥渡る

時雨るるや新幹線の長きかほ

返り花盲導犬は空を見ず

鴉呼ぶ鴉のことばクリスマス

ひと言に血のめぐりだす竜の玉

胸に挿す造花の光十二月

たどりつくところが未来絵双六

山の音太きつららとなりにけり

余寒なほビルにはりつくビルの名前

魚は氷に上りウクレレ風に鳴る

読み解き実況 **山田耕司×佐藤文香** 津川絵理子編

典型と天然

佐藤　津川さんの句では〈**見えさうな金木犀の香なりけり**〉〈**サルビアや砂にしたたる午後の影**〉あたりが、ふつうにいい句です。でも！　読んでみたらですよ。この人、〈**鷹化《たかか》して鳩となりけり祖母にひげ**〉ですよ（笑）。

山田　「祖母にひげ」はすごいインパクトだよね。「鷹化して鳩となる」は中国古来の伝承をもとにした難しい季語だけど、最上級の斡旋じゃないかな。

佐藤　〈**魚《うお》は氷《ひ》に上りウクレレ風に鳴る**〉、これも季語が難しくて「魚氷《うおひ》に上る」という七十二候の一つ。立春のころです。対して「ウクレレ風に鳴る」を持ってきたという、「祖母にひげ」と似たつくりの句です。これらを見て、この人は俳句的な知識や感覚を人一倍持っていながら、ちょっと天然なんじゃないかと思ったんです。こういうことを、人を面白がらせようと思って書いてるんじゃなくて、ナチュラルに書けてるんじゃないかと。そうすると、かわいい。その天然っぷり。

山田　難しい季語を頭でよく咀嚼した上で、そこにふさわしいものを選ぶという真面目さはあるんだろうけど、その真面目な人が時折すごくかわいく見えちゃうことってありますよね。津川さんは、いろんなものを、世界を、すごく「見る」人です。たとえば、〈**百合生けて壺より深き水と思ふ**〉は、自分の世界をこう捉えたという視点が対象の句。それから〈**見えさうな**〉の句というのも、自分が見ようとしているもの。こういうテイストはどちらかといえばかわいらしさよりはかっこよさというか、世界に対して自分が責任を持とうとしているところを感じさせるところがある。ただ、世界を見る人というのは、見られる人よりも自分の視点にこだわるだけに孤独になっちゃう場合があって、そこに愛おしさを感じる。ちょっと惚れそう、みたいな。

佐藤　理系の研究者にキュンとくるのに似たかんじがありますね。〈**時雨るるや新幹線の長きかほ**〉、新幹線の先頭部はかものはしみたいなかたちをしていますが、その全体が時雨に濡れている。あの部分を顔だと言い切っているのがさっぱりしていてかわいい。

山田　「自分は人生の森のなかでこんなに辛く感じてるんだぜ」って世界を曲げてっちゃうことが、文学にはわりとあるわけですが、津川さんは無理なコクをつけてないので、そこらへんがスッキリしている。

佐藤　**〈断面のやうな貌から梟《ふくろ》鳴く〉**、これもすごい句だ。梟って、言われてみると貌が断面というか、切り株っぽい。けど「断面のやうな」で句が始まってまさか梟のこととは。「貌から」のあとに「梟鳴く」が出てくるのも面白い。貌と梟が別々みたいになっちゃってる。

山田　「梟鳴く」っていうテンプレはいじらないでいきましょうと。そのコンテンツをちゃんと写実で見ていきましょうと。その生真面目さが清潔さに転じている。

佐藤　実は今回、【おもしろい】【かっこいい】【かわいい】という分類にして、排除したものがあったんです。

山田　排除！

佐藤　「きれい」です。俳句って、美しいもののようにとか、伝統的な正しい日本語とか言われたりする。そういう句もあるけど、今見てほしいのは、俳句と呼ばれるものがいかに多様か、ですよ。津川さんの句はきれいだけど、きれいだけじゃないから、素晴らしいんです。

山田　きれいっていうのは、「聖」と「俗」でいえば、「聖」の方に属しますが、「聖」には個性が表れにくくって、俗の方、屈折の仕方で、作家のバリエーションが出てくる可能性がありますよね。

佐藤　だから今回、きれいなうまい句を書く以上の人を探しました。いいかんじに上手な俳句って、習ったら書けちゃう。俳句作家と呼ぶべきは、それ以上の人です。

山田　津川さんは典型的な句が書ける人ですね。典型性ってことは、自分のなかの個性とかを限りなくミュートできる、消すことができるような人なんだけど、こういうふうな典型を書きながらも、自分なりの表現の方にちゃんと手当が効くってところに、俳句作家に求められている可能性やら期待やらが寄せられそうですね。

佐藤　わざと妙な句を挙げたように見えるかもしれないけど、私は津川さんにしか書けない句を書いてほしい。それはただのうまい句ではない。すでに「南風」主宰として、また俳句の若手のトップランナーとして俳壇で評価されているので、津川さんがどう書いていくかで、俳句の世界はいくらでも変えられる。希望の光です。

日隈恵里

きさらぎや翼は雨を振り落とし
魚跳ねて地上に梅の満ちにけり
閏日の忙しく過ぎ風車
料峭や橋の短く谷深く
クレソンを花ごと食べて水の春
夏空のバトン少女の手に戻る

春疾風小鳥は瑞枝離さざる
見下ろしてミモザ豊かに遊園地
春宵のやつと手ぶらとなる時間
透視図に列車の消ゆる遅日かな
横綱の朱き手形や春の風
曲水の今しがたまで雨の庭
竹の秋好きな詩声に洩らさずに
梅雨明けの雲付いて来る高速路
半夏生奥で天麩羅揚がる音
白扇を振り合うて舟すれ違ふ
横顔のどれも西日の陰影に
白秋やいれずみ小さく裸婦の肌

ひぐま・えり　一九七一年、福岡県生まれ。二〇〇二年、ＮＨＫ学園の通信講座で俳句を始め、約二年半ほど学ぶ。二〇〇九年に「南風」へ入会、翌年より投句を始める。二〇一一年、南風新人賞。二〇一六年、南風賞。現在「南風」同人。

日没のまへの日が差す苔の花

ブラインド白雨の木々が透きとほる

くちずさむ歌の長さの刈田道

電線があたりに埋まる浮寝鳥

映る葉も落ちしも水のつめたさに

いつ顔を上げても冬の真正面

水仙花あとひと触れの風で咲く

秋日傘出島に海の遠ざかる

組体操はるかに倒れ九月来ぬ

秋蝶の羽をひらけば日の温度

稲の香の懐かしくはじめての町

翁みな大き耳持ち豊の秋

沖見ゆる稲架に日の差すところより

ひよどりやしづかな山に朽木踏む

宙に書く文字透明に神の留守

冬めきて虎の視界の中にをり

短日や車窓より垂れ煙草の手

早逝のひとのふるさと冬雲雀

砕かれて瑠璃は絵の具に冬の星

着ぶくれて舌打ちほどの静電気

風花や木立の奥に木の遊具

長嶋有

夏らしいなぞなぞを出す大人かな
生きてきて網戸はすぐに外れそう
エアコン大好き二人で部屋に飾るリボン
コーヒーや新聞配達いつも一人
としまえん秋という短きものよ
ストーブは爆発しない大丈夫

『春のお辞儀』

ポメラニアンすごい不倫の話きく
犬小屋の上で寝る犬夏の星
かけてみたくなりすぐ返すサングラス
手押しポンプの影かっこいい夏休み
どの椅子に座ってもよい夏だった
とりあえず裸の方を口説きけり
月面で月の女にもてて困る
橋で逢う力士と力士秋うらら
ワーイという三十代と薄紅葉
分度器もち測るものなし初時雨
冬天や蝶の形の蝶番
口内ヤケド気にして春のタンク山

『春のお辞儀』

ながしま・ゆう　一九七二年生まれ。一九九四年、朝日ネット（パソコン通信）の「第七句会」で句作を始める。一九九五年、「恒信風」創刊同人。句集『春のお辞儀』（ふらんす堂）。二〇一四年、同人誌「傍点」立ち上げ。

くすぐるのなしね寝るから春の花
車はカー馬鹿は馬鹿なり恋は春
矩形波で聴く君が代や籐寝椅子

『春のお辞儀』以降

中年の二段抜かしや今朝の秋
「ちょうど良い木の棒」と思う冬の棒
初脱ぎの後初風呂やなどと浸かり
誰も鼻は年を取らない寒牡丹

はるのやみ「むかしこのへんは海でした」
すわる鳥なくて寂しい彼岸かな
春休み仲よくしてもお腹へる
口笛やサラダ油と鉄なじむ
信玄とメカ信玄の散歩かな
草餅や自分で足りているのだし
3Dメガネ右目が青や海の家

『春のお辞儀』以降

フランス装のための刃物や鳳仙花
（触ればある）耳は秋思の邪魔をせず
梨に楊枝UFOに居て正座のまま
測量士の旅は徒歩なり吾亦紅
貘の池に冬日差し込み貘は留守
風花やドトールでのむ粉薬
履いていきます靴屋の椅子に背はなくて

矢野玲奈

今日の日はおとぎの国の暖かさ
萵苣《ちしゃ》ちぎる母と娘の声は似て
花見して空中散歩して笑ふ
右向けば左は後ろ羽抜鳥
造り滝止まりて風の回りだす
空也餅ひよいとつまみて良夜なる

『森を離れて』

やの・れいな　一九七五年、東京都生まれ。二十九歳のとき父に連れられ句会に初参加。俳句仲間の広い見識、豪快な酒量に刺激を受け、俳句を十年ほど続ける。第五回天為新人賞。「玉藻」「天為」に所属。句集に『森を離れて』。

活けかへて一本となるチューリップ
鳥雲に入る停電の街を発ち
桜蘂降る終はりなき心配に
碁会所に少年多し鉄線花
蟻走る切株のまだ濡れてをり
増上寺裏で十年氷売
刻印の顔の涼しき銀貨かな
栞紐二本使ふや稲の花
保冷剤敷いて九月のベビーカー
それぞれのうしろ姿や鯊日和
鳥籠のまはり行き交ふ赤とんぼ
星月夜拾ひたる石のつるつる

『森を離れて』

この山の奥に星月夜はあるわ

しめぢ飯炊きあがりたるふつうの日

パン種を叩きつけたる息白し

歩き出す顔きらきらとお元日

トランプを伏せて雪降る岸辺まで

しわしわと空のめくれて秋の雲

『森を離れて』以降

露の世の床のミルクを拭きとりぬ

身に入むやひとり仏間で乳搾る

ガンダムの並ぶ夜業の机かな

新しきカメラ文化の日を写す

それぞれに森を離れてきて聖樹

つぎつぎに蜜柑を貰ふ旅の空

箱に顔突つ込んでゐる去年今年

母方の鼻あつまりて御慶かな

すみれ組よりお手紙付きのさつまいも

『森を離れて』以降

南瓜煮る猫のかたちのマカロニも

小鳥来る重たき水を運ぶ日に

本物の栗をぬひぐるみの熊に

冬至湯の柚子の後ろに黄色のアヒル

春服の裾折りやれば走り出す

沖縄に大きな葉つぱ春夕焼

髙勢祥子

昼顔にヘリコプターの響きおり
秋夕焼いるかの息は水の匂い
日だまりを膝につくって冬が好き

『頰づえ』

ねと言ってやはらかなこと雲に鳥
鏡に声映る八十八夜かな
何か言ふはだしの指を動かして

『昨日触れたる』

たかせ・さちこ　一九七六年、神奈川県生まれ。大学で句会に興味をもち、俳句を始める。卒業を機に「鬼」入会（のち退会）。二〇一二年、第三回北斗賞受賞。同年、「街」入会。現在、同人。句集に『頰づえ』『昨日触れたる』。

壊れゆく夕虹両の手が重し
夏帽子くちびるだけを見せたくて
花嫁の父のタバコは短く秋
カンナ咲くたまにマニキュアして愉快

『頰づえ』

枯野原鏡にわたくしをつくる
アネモネの中に前髪切られゐる
怖い本遠くに置いて梅雨の入
夏帽の縁にヒマラヤ杉しづか
凌霄や海の近きを先に言ふ
あたたかい手かも秋海棠を指す
冬の水の中でますます手の乾く
綿虫にすべては坂であり暮れて

『昨日触れたる』

性愛や束にして紫蘇ざわざわす

皮膚として秋空はありあきつしま

中腰の我をり卒業写真の中

食欲は小さな鳥や椎若葉

夏深し水中に髪混じりあふ

夕焼の丘に字幕のつきさうな

木の葉散る袖のボタンの逃げ回る

『昨日触れたる』以降

裏返る落葉は手掛りのやうで

眠たさを大事に帰る冬暖か

茎括る輪ゴムも春の水の中

猫の子を貰ひに獣医学部まで

窓拭くに出づる半身桐の花

荒梅雨や互ひを構成する巌

死後の景扇風機に顔近づけて

夏帽を置く両膝の少し離れ

鳩尾と水着の隙の空気かな

馬冷すホースを馬の背に渡し

名も顔も忘れし友よ牡鹿の息

虫籠を鏡台に置く響きけり

小春日や豚毛の筆を指で撫し

赤い虫は赤く死にたり冬の雲

『昨日触れたる』以降

津久井健之

つくい・たけゆき　一九七八年生まれ。早稲田大学俳句研究会を経て「貂」入会。川崎展宏、星野恒彦に師事。現在「貂」同人。

麦飯を食ひて読書にはげみけり
梅雨茸をつけて巨木のらしくあり
子かまきり我が手の窪で暮らさぬか
古民家はカフェとなりしか釣忍
冷奴薬味の峰を鳥瞰す
茶が腹にたまりてゐたる良夜かな

旅立ちの朝どくだみの花盛り
梅雨晴間しばし迷子の相手して
突風で隣町から来た毛虫
国道のいやにあかるき葎かな
物置のくさつてゐたる木下闇
眼鏡拭きけふを新たに花南瓜
山蛭の知を煌めかせ降つてくる
うらがへり滑りくる蟹下り梁
水つぽいカレーも旨し夏休み
鷺草の鉢や風呂屋の出入口
飼猫の柄教へあふ夜の秋
秋扇の画より雑談始まりぬ

抜かれたる木の横たはる昼の虫

颱風の去りすべすべの夜空かな

綿虫と一服中の料理人

沢庵を齧り心の晴れてゆく

手招きでいそぎんちやくの春を呼ぶ

朝に食ひし餅の力の田打かな

二階より覗かれながら種を蒔く

浜に出て風によろめく天の川

道のべにソファー捨てられ白木槿

いやな雨と客の呟く秋の雨

かつて見し案山子を描いてくれにけり

複写せし紙の火照りも秋思なる

朝寒や打ち込むやうに鳥の鳴く

猫の墓金魚の墓や秋深し

室外機に揺れどほしなる冬の草

起き抜けに鍋焼きうどんのこと思ふ

身の内の眠気かすかに屠蘇を受く

照らされて水母は演ず浅き春

時計はづし目刺くはへて酔ひたるか

手を振つて水を切りたり濃山吹

仏壇を覗き込む猫あたたかし

澤田和弥

元日のママン僕から洗つてよ

咲かぬといふ手もあつただらうに遅桜

美しき老女のごとし泉わく

マフラーは明るく生きるために巻く

立春や背景として常に我

あたたかくいのちは削るものなりけり

『革命前夜』

『革命前夜』以降

マンドリン奏でよ蒲団は干しておく

竹馬の男そのまま家に入る

蛇穴を出で馬鹿馬鹿しくなりにけり

箸割つて箸の間を春の風

短夜のチェコの童話に斧ひとつ

羽蟻潰すかたち失ひても潰す

幽霊とおぼしきものに麦茶出す

ずつしりと透けてをるなり心太

胃から金魚出して道化のショー終はる

生前のままの姿に蠅たかる

春めくや白身魚を包むパイ

暮春の待針に刺されてゐる僕さ

『革命前夜』

『革命前夜』以降

さわだ・かずや　一九八〇年、静岡県生まれ。早稲田大学大学院修士課程中途退学。二〇〇六年、「天為」入会。二〇一〇年、「天為」同人。二〇一三年、天為新人賞。二〇一五年、「若狭」創刊同人。句集に『革命前夜』。二〇一五年五月九日没。

精神病んで杖つき歩く花ざかり

縫ひ閉ぢられぬ夢がありけり修司の忌

楽園に蠅がとまつてゐたりけり

臍一つ夕顔の実もけふひとつ

大空や男女秋思を語り合はず

青春の眼もて逆らふマスクかな

枯園の皇帝として杖を差す

土佐水木紫煙は鴟尾《しび》を越えざるも

貌鳥へマザー・テレサのたなごころ

放尿のときめきに似て芝桜

春愁の床に落ちたる酢豚かな

はつなつを恩讐のごと飛行機雲

日の丸を揚げて水虫では困る

死の死の死の向かうに日傘落ちてをり

手をのべて夕立に乳房ありしころ

生ききるはずもなきわたしが蟻の中

秋雲や龍の交尾はややこしき

腸詰めに腸の名残や竹の春

水の秋切手の中の楽器たち

寝酒して琥珀の網の内にゐる

蠟梅は面会室を満たしけり

南十二国

立春や歯ブラシに、と歯磨粉
たんぽぽに小さき虻ゐる頑張らう
暖かし寄目をすれば鼻が見ゆ
蟹がゐてだれのものでもなき世界
集まつてだんだん蟻の力濃し
川音はからだによけれ赤とんぼ

みなみ・じゅうにこく　一九八〇年、新潟県生まれ。俳句との出会いは二十歳頃。恩田皓充著『青空の指きり』を読み作句を始める。二〇〇六年、「鷹」俳句会に入会。小川軽舟に師事。二〇〇七年、鷹新人賞。二〇〇九年、鷹俳句賞を経て、現在、「鷹」同人。

波のびて人なつこしや桜貝
道に出て風の甘しよ春の星
連翹や掌冷えて家近し
春の虹神からわれは見えてゐる
亡きひとの懐かしむ世ぞ桃の花
菜の花や若き夫婦に夜が来る
巣立鳥とどろく水に遇ひにけり
ざわざわのなか筍の出でにけり
わが裸鏡に映る素朴なり
人類を地球はゆるし鰯雲
芋の露大きくのびて零れけり
秋の湖にこりにこりときらめきぬ

帰らむか大きくながく星流る

日の昇るまへの青空初氷

雲割れておほきなひかり浮寝鳥

鳰私のはうが息長し

みんな笑顔枯木ばかりの道歩む

囀や朝は頁のやうに来る

ロボットも博士を愛し春の草

木犀や恋のはじめの丁寧語

秋灯はばたくごとく灯りけり

掌を使ふけものはやさし木の実熟る

裸木や壁にくわつと美女の貌

枯木立日月北をとほらざる

枯山に虹爛々と懸かりけり

星空はおほきな時計山眠る

落葉踏みいまはことばのいらぬとき

雪達磨星座のけもの聳えけり

町並をのせたる大地春を待つ

鼻息のふれあふねむり春めける

本開けて字のまぶしがる木の芽かな

暖かし松の香りの松ぼくり

手を出せば雨の来てゐし柳かな

佐藤智子

ハルジオン好きだったのになって言う
それらもう無効浄水場の春
花水木やたらさパン買って生きる
エルマーとりゅういつまでも眠い四月
まだパジャマ紫陽花が野菜みたいで
あなミントゼリーに毒を盛られたし

さとう・ともこ　一九八〇年、東京都生まれ。二〇一四年春、佐藤文香氏が講師を務めるワークショップへの参加をきっかけに句作を始める。以降、月一、二回の句会を楽しみに毎日を過ごしている。無所属。

春炬燵その人と居てつらくない
白木蓮ミックスフライ注文す
準急やモンシロチョウは古い語彙
なんとなく悲しいフォント多摩の春
紙詰まり直しにすぐに春の指
食パンの耳ハムの耳春の旅
雪柳七時かそこらなのに怖い
ライラック換気しないでずっと夜
梨の花この傘夜にさすと変
休刊日マメ科の花は皆可愛い
薫風や今メンバー紹介のとこ
大判の布類を干しゼリー食む

水鱧を食べてハートのハートのための

棗《なつめ》棗《なつめ》夏休みみたいに過ごす

天高く旅先の図書館に居る

古いめのニュータウンなりオクラ買う

新蕎麦や全部全部嘘じゃないよ南無

かしらんと男が言って冬の晴

そつなくてせつない　雪のすこし在る

日曜日川の蟹帰りに捨てて

沢の水のようにポカリやちゃんと行く

ペリエ真水に戻りて偲ぶだれをだれが

さぞ緑雨立膝をして爪を塗る

ダリアダリア回鍋肉を鍋のまま

デラウェア全然ゴジラ来なそうな

月上る生ハムをお皿に貼って

無花果は何味などと窓の昼

まるめろ酒ポワール・ヒロの床で寝る

油揚げあぶって食べよう冬木立

獣には食へぬのでせう餅を焼く

冬眠のできない体海老旨し

いいショール茶葉と下着を買いに出る

ぐりもぐらもとっくに死んで花きゃべつ

神野紗希

海に礼桜紅葉の艇庫から
カンバスの余白八月十五日
寂しいと言い私を蔦にせよ
『星の地図』

光る水か濡れた光か燕《つばくら》か
トンネル長いね草餅を半分こ
今鮎が跳ねたと言って立ち上がる
『光まみれの蜂』

こうの・さき　一九八三年、愛媛県生まれ。俳句甲子園をきっかけに俳句を始める。第一回芝不器男俳句新人賞坪内稔典奨励賞受賞。俳句ウェブマガジン「スピカ」運営。句集に『星の地図』、『光まみれの蜂』。

起立礼着席青葉風過ぎた
目を閉じてまつげの冷たさに気づく
黒板にDo your bestぼたん雪
『星の地図』

遠足やアルミホイルの光りあう
花菜風君洗濯をしているか
みんなよくはたらく桜どんどん散る
天道虫死んではみ出たままの翅
ここもまた誰かの故郷氷水
校舎光るプールに落ちてゆくときに
すこし待ってやはりさっきの花火で最後
くるみたるティッシュに透けて桃の種
水道管は鈴虫を聞いている
『光まみれの蜂』

涼しさのこの木まだまだ大きくなる

白鳥座みつあみを賭けてもいいよ

コンビニのおでんが好きで星きれい

カニ缶で蕪炊いて帰りを待つよ

ひかりからかたちにもどる独楽ひとつ

『光まみれの蜂』以降

細胞の全部が私さくら咲く

声は呼び虹はうすれていつもの風

鹿の声届かぬ声だとも思う

団栗にまだ傷のなき光かな

かくれんぼ屏風の裏をまじまじ見る

鉛筆を舐めれば冬の虹の味

冬蜘蛛の呼吸その巣へ行き渡る

ブラックコーヒー裸にさっとセーター着て

ヒーターの中にくるしむ水の音

ある星の末期の光来つつあり

まばたきの子象よ春はこそばいか

『光まみれの蜂』以降

水に映れば世界はきれい蛙跳ぶ

白玉や川は光に選ばれて

つめたくて鞄に座る天の川

鶏頭と「止まれ」がカーブミラーの中

標識の親子仲良しクリスマス

越智友亮

思い出せば思い出多し春の風邪
いい風や刈られてつつじらしくなる
今日は晴れトマトおいしいとか言って
古墳から森のにおいやコカコーラ
焼きそばのソースが濃くて花火なう
前髪にいただく影ぞ墓参り

おち・ゆうすけ　一九九一年、広島県生まれ。甲南中学校在籍時に俳句甲子園に興味をもち、俳句を書き始める。第三回鬼貫青春俳句大賞。池田澄子に師事。社会人一年目に俳句をやめたが、二〇一五年、再び書き始める。「鏡」所属。共著に『新撰21』。

光は春鏡に水滴の跡が
春を暮らす固定電話のなき家に
眼鏡越しの視界悩まし鳥の恋
鳥雲に電話になると大きな声
目覚めるとここは地球の杉花粉
ひこばえや喉は言葉を覚えている
そよ風に髭は応えず花水木
目ぐすりの一瞬雲の峰ふくらむ
庇に我に小粋な雲やソーダ水
青桐や星のひかりは夜を讃え
コーラの氷を最後には噛む大丈夫
相槌うって君は話さずかき氷

駆け足や宇宙は秋の空の上

君のこえは君の言葉に柚子は黄に

流星やドロップや海静かなり

草の実や女子とふつうに話せない

肩凝って気疲れかしら林檎に葉

ゆず湯の柚子つついて恋を今している

枇杷の花ふつうの未来だといいな

紅茶冷ゆ帰省の君は元気そう

マスクメロンのきれいな網目西葛西

水槽に空気は白し夏の風邪

八月の幽霊に触れ君に触れ

新涼の耳たぶあって耳重し

稲の花朝をくださる光かな

食べ始めて家族はしずか秋薔薇《あきそうび》

拝啓や秋のインキの滲みやすき

秋の蚊と互いの運を嘆き合わん

冬の金魚家は安全だと思う

滑舌悪し舌長し夕しぐれ

恋はじまる蕪の持ち帰りに困る

あくびするひとのとなりも冬のくれ

水煙草甘しコートを膝掛けに

今泉礼奈

転んだあとの膝は白くて花蜜柑
雨の階段あたらしくぶんぶんが死ぬ
箸くばる手に酢のにほふ晩夏かな
誰か来てゐる晴天に似て萩は揺れ
霧へ向かふ人より霧の遠ざかる
栗焼いて指紋の渦のやうな昼

いまいずみ・れな　一九九四年、愛媛県生まれ。お茶の水女子大学文教育学部卒業。俳句甲子園出場をきっかけに作句開始。第十三回俳句甲子園全国大会出場。第六回石田波郷新人賞奨励賞。二〇一五年、「南風」入会。津川絵理子、村上鞆彦に師事。

スカートの裾しぼりつつ夏の川
くるぶしにみどりの絵の具夕立来る
職員室小さきゼリーを配りけり
夏うぐひす空腹の手の置きどころ
留守番の部屋冷えてくるバナナかな
顔突き出し扇子の風をもらひけり
卵割れて白身あふれて夏休
雲は空に溶けて晩夏の少年院
三つ編みをして台風をやり過ごす
晴れてゐて去年と同じ案山子かな
霧の町を五時の音楽にて離る
窓の幅に日は暮れてをり檸檬切る

初冬に銘菓をもらふ手のかたち

ケーキ詰めて箱やはらかし冬夕焼

寒林の陽のちかちかと雀飛ぶ

蠟梅が顔の高さにあれば寄る

白木蓮のおほきく昼を過ごしけり

つばめつばめ町でいちばん大きな会社

菜の花のとほくに見えてここも雨

読み終へて神籤の小さき紅葉かな

冬館四季の写真の並びけり

夜の雨に八手の花の軽くある

すこし遠く車の停まる湯ざめかな

おでん揺れるエレベーターに入るとき

マスク越しの鼻歌聞きながら眠る

初雪に鯉のうごきの適ひけり

双六の紙をおさへる係かな

ふつと翅ゆるび蝶追ふ蝶なりけり

まづおほきく揺れてまつすぐ蝌蚪の過ぐ

球根の土はらひつつ土に植う

このタオルはシャワーと同じあたたかさ

たんぽぽや東京を出てまだ一日

あをぞらに月放ちたる桜かな

山岸冬草

蓑虫や僕は両親の子に生まれ

子規の忌を思へば寺田物理学

鳥渡る渡る幾万トンの羽根

空間のいたる所で秋の暮

秋風に小洒落た変りチョッキかな

初時雨なり有頂天行き場なし

やまぎし・ふゆくさ　一九九五年、兵庫県生まれ。現在、東京大学三年生。高校二年の冬、百円のメモ帳を買った友人が「何か恰好良い使い方がしたい」と言ったとき「皆で詩歌でも書き付けていくのはどうか」と答えたのが、句作を始めたきっかけ。

清秋や永遠のごとエレベーター

水澄めば三十路のポニーテールかな

名月やもう五分だけ姉を待つ

長男のナルシシズムや秋桜

水面を走るをのこや台風裡

冬晴や遺書をプリントアウトする

ナイフだけでケーキ食べ切る聖夜かな

淡雪や造花の方がよく燃える

靴擦れをやや感じつつ春の山

賤しさの吹き寄せて来る春疾風

ウユニ塩湖を見返れば春の闇

花曇浮き浮きしたりだらけたり

枯枝や中世の無麻酔の抜歯

峰入りや友つくるには老いてをり

夏の海椅子が足りないから泳ぐ

若入歯舌で外れて青岬

普段着に染む夕焼けや秋葉原

花合歓や電気羊の夢もがな

ひつそり閑小雨の中を日傘で行く

虚子の忌やよく寝る人は夢を見る

卯の花腐し毎年数秒狂ふ時計

葉桜や入玉の後千日手

郭公や道訪ねられ校舎指す

冬虫夏草人に生まれて僕に死す

紅花やカープが勝てば焼うどん

海猫や髪少なにて居丈高

歳時記に蝶の形の紙魚の跡

自由帳夏にめくれば青また青

網戸にしおもしろジョーク集を読む

梅干しに食ひ込む箸や恋心

布引の滝段段に髪匂ふ

日の光分厚く少ししやつくりが出る

ひらききる蓮《はちす》や未来都市に住む

日隈恵里

実感を発見する

〈**クレソンを花ごと食べて水の春**〉。昨日私もクレソンの花、食べました。白くてかわいいけれど、食べるとぞもぞするし、おいしくなかった。でも、そんなことはいい。花も葉っぱも茎も、一緒に食べることで、自分の野性の部分が目覚める。春の水分のなかで、ウサギになったような心地だ。〈**くちずさむ歌の長さの刈田道**〉。刈田道でひとり、歌を口ずさみながら歩いていて、歌が終わったところで道も終わった。歌の長さは時間の長さで、道の長さは距離なんだけど、それがちょうどぴったりだった。嬉しい。〈**いつ顔を上げても冬の真正面**〉。下を向いて歩いていてふと前を見たら、冬木立。本を読んでいて顔を上げたら、クリスマスのイルミネーション。「冬の真正面」と表現することで、冬全体がいつも自分に向かい合っていてくれているような気がする。

日隈恵里は、いつもと違う実感を自分のなかに発見することで、ちょっと嬉しい気分を呼んでくる作家である。

長嶋有

無駄こそよけれ

ホッピングという遊び道具がある。棒にハンドルと足場がついていて、バネでぴょんぴょん跳ねるやつである。あれを大人がやると、長嶋有の俳句みたいになる。〈**エアコン大好き二人で部屋に飾るリボン**〉。クーラーの効いた部屋でパーティーの準備でもしているのだろう。「エアコン大好き」「飾るリボン」の字余りが、どちらも「ン」を含んで、跳ねているかんじ。高いところにリボンを飾るにも、ちょっとジャンプしないと届かない。〈**「ちょうど良い木の棒」と思う冬の棒**〉、これは何にちょうど良いのかわからず、しかももっともらしく「冬の棒」と体言止めで決めているけれど、そんな季語はない（「冬」はもちろん季語だが）。杖代わりについて歩くにせよ、地面に絵を描くにせよ、別にこの棒がなくても生きていくのに差し障りはない。この無駄な「なんかにつかえそう」感を、よくぞ俳句にしたな、と思う。この人は、役に立たないもので遊び続ける達人だ！

矢野玲奈

詩的でないことの明るさ

矢野玲奈の持ち味は、疑わない明るさだ。句の輪郭がはっきりしていて、サンリオのキャラクターでいうなら、マイメロディやシナモロールではなく、ハローキティ。〈**活けかへて一本となるチューリップ**〉、この句は細見綾子の〈チューリップ喜びだけを持つてゐる〉を想起させる。細見の句がチューリップ（またはそれに託した自分）の内面を「喜びだけを持つてゐる」と詠んだのに対して、矢野の句は一本だけになったチューリップの姿を描いており、細見の句がすっきりと香ってくる。〈**パン種を叩きつけたる息白し**〉。力の感じられる句。冬の台所でパンを作っているのだろう。パン種と息の、質感の異なる白が見える。〈**花見して空中散歩して笑ふ**〉。花見の花や空からの景色をどう思った、というような叙情を挟む余地がなく、テキパキしている。それは世間の思う〝詩的なもの〟と対極にあるかもしれない。が、実は、詩的でないというのは、ある種の俳句らしさである。

髙勢祥子

恋われる俳句

このかわいさは危ない。モテてしまう。そう思ったのは、〈**ねと言つてやはらかなこと雲に鳥**〉。「また明日会おう」じゃなくて、「また明日会おうね」。あ、この「ね」は、いい。「鳥雲に（入る）」とは、越冬した鳥が北へ帰る様子を表した春の季語だが、「雲に鳥」とすることで、雲や鳥もまたやわらかなものに感じられる。

そしてこの句、〈**性愛や束にして紫蘇ざわざわす**〉。性愛と、束にした紫蘇のざわざわ感の取り合わせ。エロいんだけど、ちょっと心許ない。紫蘇の葉の緑がかった紫の曖昧さや、「ざわざわ」が、作中主体のうぶな心と重なるからだ。本当にこれでいいのか、次はいつ何をすることになるんだろうか。ねっとり大人の性愛ではなく、等身大で性愛と向き合っているのが、たまらない。髙勢は対象を目で見て書くというより、心の触覚を頼りにしているから、句の内面が充実している。そして、読者がその句を「思う」ことを、許してくれる。

津久井健之

ピュアすぎてウケる

津久井先輩は胡散臭いしゃべりで人を笑わせるプロだが、句はいたって真面目。〈**朝に食ひし餅の力の田打かな**〉。朝に食べた餅で元気が出て、田んぼを掘るのにも精が出る。〈**子かまきり我が手の窪で暮らさぬか**〉。小さいかまきりよ、私の手のくぼんだところで暮らさないか。とにかくピュアで説明が要らないのがいい。文語と季語の力を信じている。〈**茶が腹にたまりてゐたる良夜かな**〉、「たまりてゐたる」と堂々と言い、名月の夜でない限り、こんなことは作品にならない。

〈**古民家はカフェとなりしか釣忍《つりしのぶ》**〉。「釣忍」は苔などにシノブグサを巻きつけて軒下に吊るし、涼し気な風情を楽しむもので、最近では「空中のオアシス」とも言われるようだ。この句では、「古民家カフェ」のオシャレ釣忍を詠んだのだろうが、現代の流行を古風な言い回しで「古民家はカフェとなりしか」とうまくフレーズにまとめたところが、おっさんっぽくてかわいい。

澤田和弥

ピエロの中身

澤田さんは優しくて礼儀正しかった。〈**幽霊とおぼしきものに麦茶出す**〉。幽霊にも麦茶を出すくらいいい人だ。私にも何度も葉書をくれた。澤田さんは人を楽しませるのが好きだった。〈**日の丸を揚げて水虫では困る**〉。みんなが嫌な顔をしても笑っていた。澤田さんは下ネタを言うのも好きだった。〈**放尿のときめきに似て芝桜**〉。ちょっとやりすぎるところがあった。でも、澤田さんは、本当は、かっこいい句が書きたかったんだと思う。〈**大空や男女秋思《しゅうし》を語り合はず**〉。澤田さんは、その場で褒められて満足できる人ではなかった。もっとみんなに見てほしかったんだ。だからいろんなところでいろんな俳句を書いた。ある五月、澤田さんは、死んでしまった。〈**縫ひ閉ぢられぬ夢がありけり修司の忌**〉。澤田さんは、寺山修司が好きだった。そんな澤田さんを、私はかわいい人だったと思う。今回、澤田さんを愛する皆さんの協力を得て、心を込めて選句しました。

南十二国
世界をかわいがる人

十二国俳句は〝そぼかわ〟。素朴でかわいいことです。〈**たんぽぽに小さき虻ゐる頑張らう**〉〈**ロボットも博士を愛し春の草**〉などは、『俳コレ』の神野紗希による小論でも取り上げられ、すでに代表句となっていますが、これらの句は、読者を主人公にしてくれるのがいいんだな。気を落としてたんぽぽを見たら虻に気づいた僕、感情を持てるロボットをつくった博士（あるいはロボット）になって、がんばろうと思ったり、春の草を感じたりできる。そして、やさしく素朴な世界に癒されます。

そして彼は世界をかわいがる人でもある。〈**芋の露大きくのびて零れけり**〉。これは藤田湘子の〈芋の葉の大きな露の割れにけり〉に連なる様子を詠んだのでしょう。水を弾く大きな芋の葉から、丸い露が零れるときに伸びる。下五の切れ字「けり」がはたらいて、一瞬のことが永遠であるかのよう。ゆるやかに新しさを迎える日々のきらめきを、南十二国は俳句にしてゆくのです。

佐藤智子
まだパジャマ

〈じゃんけんで負けて蛍に生まれたの〉の池田澄子が、かつての日常口語俳句を開拓したとして、佐藤智子は現在の口語の人だ。短歌でいえば永井祐か。今、私たちがしゃべる言葉を、平熱で流し込む。「古いめの」「七時かそこら」「メンバー紹介のとこ」。美しい日本語なんてくそ食らえ、これは日本語の進化だ。〈**棗《なつめ》　棗《なつめ》夏休みみたいに過ごす**〉、棗は果実で秋の季語。大人の秋の休日を、夏休みのようにだらだら過ごす。「棗」の音が「夏休み」「みたい」を引っ張ってきた。〈**まだパジャマ紫陽花が野菜みたいで**〉。これも「みたい」の句。俳句で直喩をつかうときは、遠いものに喩えるのが基本である。誰も考えたことのなかった比喩でないと詩になり得ないからだ。でも「紫陽花」と「野菜」は、同じ植物でありながら、紫陽花が品種なのに対して野菜はカテゴリで、こんな比喩は見たことない。この紫陽花、食べられそう。上五の「まだパジャマ」の眠さも唐突でかわいい。

神野紗希
光の記憶

俳句を始めてすぐのころ、何もかもが輝いて見えたという人は多いだろう。それは、世界に対する感度が急に上がったからで、写真でいえばＩＳＯ１００のフィルムをＩＳＯ１６００に取り替えたようなものだ。粒子は粗いが、暗くても何でも撮れる。第四回俳句甲子園の準決勝・決勝戦で登場した〈**起立礼着席青葉風過ぎた**〉〈**カンバスの余白八月十五日**〉は、神野紗希の感度の高さが絶頂期だったころの句だ。俳句甲子園のレベルが年々向上し、今年二十回を迎えられたのは、黎明期である第四回に、神野紗希という作家を輩出したことが大きい。

神野はそれ以後も、誰にでも伝わる言葉で、日常の切なさを切り取っては、光あふれる記憶にしてきた。歌手のａｉｋｏが好きなら、まずは神野紗希を読むといい。光自体を書くのも得意だ。〈**光る水か濡れた光か燕《つばくら》か**〉〈**ひかりからかたちにもどる独楽ひとつ**〉。光のなかにある物は輪郭を失い、光そのものに見える。

越智友亮
出どころ不明のセンス

越智友亮は飲み会に誘うと「ウェーイ！」とか言う系なので非常にウザい。しかし、なぜか俳句のセンスがあるので完全に馬鹿にできないのが困ったところだ。〈**焼きそばのソースが濃くて花火なう**〉。え、「花火かな」じゃなくて？　いいのだ。この句の眼目は「なう」にあり、「濃くて」の軽い切れが、俳句であることを担保している。しかも中七下五までは、神野紗希の〈コンビニのおでんが好きで星きれい〉と同じ構造で書かれており、内容面で若者の日常を上塗りする意味でも「なう」が効く。見られることで成り立つリア充の表現だ。

「おいしいとか言って」、「元気そう」などの日常語の導入も巧みで、文語との組み合わせや、こなれたリズムで一句に仕上げるのだが、直感と言語センスのみでやってるだろお前。〈**前髪にいただく影ぞ墓参り**〉、「いただく影ぞ」といういかにも俳句らしい言いまわしも、「なう」と同レベルの気分で書いてるはずだ。すげーな。

今泉礼奈
珍妙でキュート

高校一年生の自称〝れなりん〟に初めて会ったとき、こんな人気者は、俳句なんてやめてしまうだろう、と思った。けど、やめなかった。大学時代はバンドもやって、学生俳句会でも幹事をやり遂げ、今では社会人になって、結社に入って、やっぱり愛されてるみたいだ。単に向日性と言ってはもったいない、珍妙なキュートさが今泉礼奈である。そのパワーは一句を満たして余りあり、ちゃんと俳句の格好にする。〈**ケーキ詰めて箱やはらかし冬夕焼**〉、箱に詰めたケーキではなく、ケーキを詰めた箱のもろさを書くのは、よっぽど中のケーキが大事なんだろう。冬の十六時ごろの濃い夕焼を見て、箱の内側の生クリームに思いを馳せる。〈**初冬に銘菓をもらふ手のかたち**〉、誰かのお土産をもらいに行って手をだしている。もらうといえば〈**顔突き出し扇子の風をもらひけり**〉。つまりはあおいでもらってるんですね。描くべき自分自身のお茶目さをよくわかってらっしゃる。

山岸冬草
生意気 is かわいい

〈**蓑虫や僕は両親の子に生まれ**〉。自分が両親の子として生まれたということに改めて気づくのは、少なくとも子供ではなくなってから。蓑虫はミノガ科の幼虫で、蓑で巣をつくり木にぶら下がっている。それを思春期のまだ世界へ羽ばたく前の「僕」と重ね合わせた。〈**夏の海椅子が足りないから泳ぐ**〉、これもいい。はじめから泳げばいいのに、わざわざ理由をつけたりして、恥ずかしいのかもしれない。そんな等身大の句があるかと思えば、〈**秋風に小洒落た変りチョッキかな**〉のような洒脱な句をつくる。この句は助詞「に」がオツで、風とチョッキが完全に向き合わないのが面白い。〈**水澄めば三十路のポニーテールかな**〉では、接続助詞「ば」からの因果関係のなさが笑える。三十路の人間としては何が「水澄めば」だよ！　とツッコミを入れたくもなるのだが。

面白いことを書こうとするなかで、若さと賢さが交互に顔を出す。とっても生意気で、ちょっとかわいいよ。

対談 阪西敦子×佐藤文香

俳句とやっていく

佐藤　私は同人誌で俳句を書いているんですけど、俳句では主宰を中心としたグループ「結社」というものがあって、そこで主宰の選を仰ぐ、という俳句との付き合い方があります。阪西さんは結社「ホトトギス」「円虹」に入っていらっしゃいますが、どういう経緯で所属するようになったんですか？

阪西　結社に入るというのは入るという手続きがあるように思われるかもしれませんが、その結社が毎月発行している雑誌に作品を寄せることで、入ることになります。私は祖母が俳句をやっていて、祖母と会ったときに、一緒につくった句を祖母が「ホトトギス」の生徒・児童の部に投句したために、入ったことになりました。

佐藤　あははは。それは何歳のとき？　途中で嫌になったりはしなかったんですか？

阪西　七歳。よくアイドルで、家族が写真を勝手に送ってデビュー、みたいなことがありますが、それみたいなかんじです（笑）。あんまりはやく入りすぎて、俳句をつくって投句することが生活のなかにあるかたちで成長してきたので……。お風呂嫌だから今後は入らない、とか思わないじゃないですか、それと一緒です。一方「円虹」には、大学に入ってすぐくらいに入りました。「円虹」という結社ができた直後で、やっぱり祖母が教えてはくれたんですが、新しい結社がどうやってできるのかに興味があって、入会しました。大学生でしたし、一番若いくらいなのに、エッセーを書かせてもらったり、座談会に参加したり、本当に面白かった。

佐藤　同人誌は、自分たちで立ち上げて自分たちで決めた数の句を発表することが多いですが、結社では毎月何句くらい投句するんですか？

阪西　「ホトトギス」は、五句投句ができます。主宰と名誉主宰の二つの選句欄があって、決まりはないですが、二句から五句くらい雑誌に載ります。今ちょっと投句を休んでるんですけど（笑）、あんまりやめる気にならないのは、その環境や、集まる人たちも好きだからかな。

佐藤　今ホトトギスに入ろうと思ったら、どうすればいいんでしょう。

阪西　私に連絡をくれれば取り継ぎますし、「ホトトギス社」という発行所があるので、そこに連絡をくだされば、見本誌と振込用紙が送られてきます。

佐藤　「ホトトギス」の句会は面白いですか？

阪西　私、「ホトトギス」の句会に月一回しか出られてないんですけど、前提が同じなので話が早く深まりますよね、どこかで初対面の人と会っても、話す一言目が、「虚子はな！」だったりする（笑）。関西の人に多いかな。

佐藤　「ホトトギス」以外の句会にも出てますよね。

阪西　都内の句会に月に七つくらい。多いときは十回くらい出てました。自分の句の位置が知りたいんですよね。意図的に主義の違う人たちが誘われる句会もありますが、たまたま集まったメンバーというのもある。最近、それが面白くて、私と何人かで始めた北千住の句会は、参加条件が「北千住まで電車一本で来られる人」。四人というときもありましたが、昨日は十二人かな。駅の近くの喫茶店で、七句出しの句会です。六時半に題が三つ出て、到着していない人にはメール送信、七句のうち最低三句はそのお題でつくります。昨日のお題は「頭」「間」「浮《う》巣《す》」でした。そのほかに、事前投句の句会もあります。二日前くらいに投句して、当日の昼ごろくらいにまとめられたものが手元に来て、句会に向かいながら選ぶ。働きながら俳句をしている人も多いので、遅刻しても大丈夫なように工夫がされてますね。年齢も句歴も住む場所も生活も職業も違う人と初めて会って、突然語り出せるっていうのが、句会の魅力だと思います。

佐藤　俳句の親友っていますか？

阪西　信頼しているという意味では、たくさんいますね、実生活とは比べられないくらい（笑）。私の祖母の生前言っていたことに、「俳句の人に悪い人はおらない」というのがあって、どんだけ人が好いんだと思ってたんですけど、俳句を間にして向き合うと憎めないというか、確かに一理あるなと思います。長く続けさせるための刷り込みかもしれませんが（笑）。なかには、有名な人や、凄いなと思う句を作る人、鋭いことを書く人、いろいろいますけれど、句会だと気兼ねなく話せますし、作家として知っているのとは違うイメージの方もいて面白いです。だいたい直接お会いした方が魅力的ですね。俳句甲子園出身の学生さんと一緒だったりもします。

佐藤　私も都内で人を集めて句会をやっています。五十代の方もいますが、大学生も毎回何人かは来ています。阪西さんは俳句甲子園では審査員をされていますね。

阪西　もう審査員をさせてもらうようになって五年になるんですが、最初は予想もしない角度から詠まれる句に圧倒されました。私が高校生のときには俳句甲子園はまだなかったけど、もしあったとしても、出場したかどうかはわからない。大学に入るまで句会に参加したことがなかったし、同年代に会ったのもずっとあと、友達を誘って俳句、なんて想像もつかなかった。今は当たり前のように俳句甲子園があるけど、それくらい画期的な行事だってことだと思います。やっぱり羨ましいとも思いますね。俳句ってよく「座の文芸」って言います。いろんな意味があると思うけど、俳句はお互いに読み合って初めて成立するってことなのかなって。と言っても、座を最初に持つってけっこう大変だし、手に入れた座も不本意にもなくなっちゃうことがある。最終的には、自分で俳句をする場を獲得しなきゃいけないと思うんです。自分で人を集めるまではできなくても、人づてに探すとか。そういうときに、すでに繋がりのある人たちは強い。それから自分で句をつくるとき、みんな推敲をしますが、俳句甲子園にはディベートといって相手と自分の句について意見を交わす局面があって、あれは推敲の変形なんじゃないかな、って最近思います。普段、誰もが行うことなので余計に、それが本質的なことや自分の問題意識に迫ったとき、想像以上にダイナミックだったときは、審査員としても感動しますね。句が発表される前の個人的な営みである推敲を、句を出したあとで、人前で、大勢でするんだから、それは見てても面白いですよね。

佐藤　最近俳句を書いていて、思うことはありますか？

阪西　自分で自分の句に飽きないようにしないといけないなって。そのためには、ラクしない。それだけは人には気づけないことですよね。ラクして、ちょっと飽きてるくらいの方が、句会での点数や評判はいいことがありますが、それをしない。そこだけは自分で心がけないといけないことかなと思います。あとは……句集出さないとね、句集を出すとどんな気分になりますか？

佐藤　次行こ、次、かな（笑）。阪西さんの第一句集、楽しみにしています！

公募作家選考過程

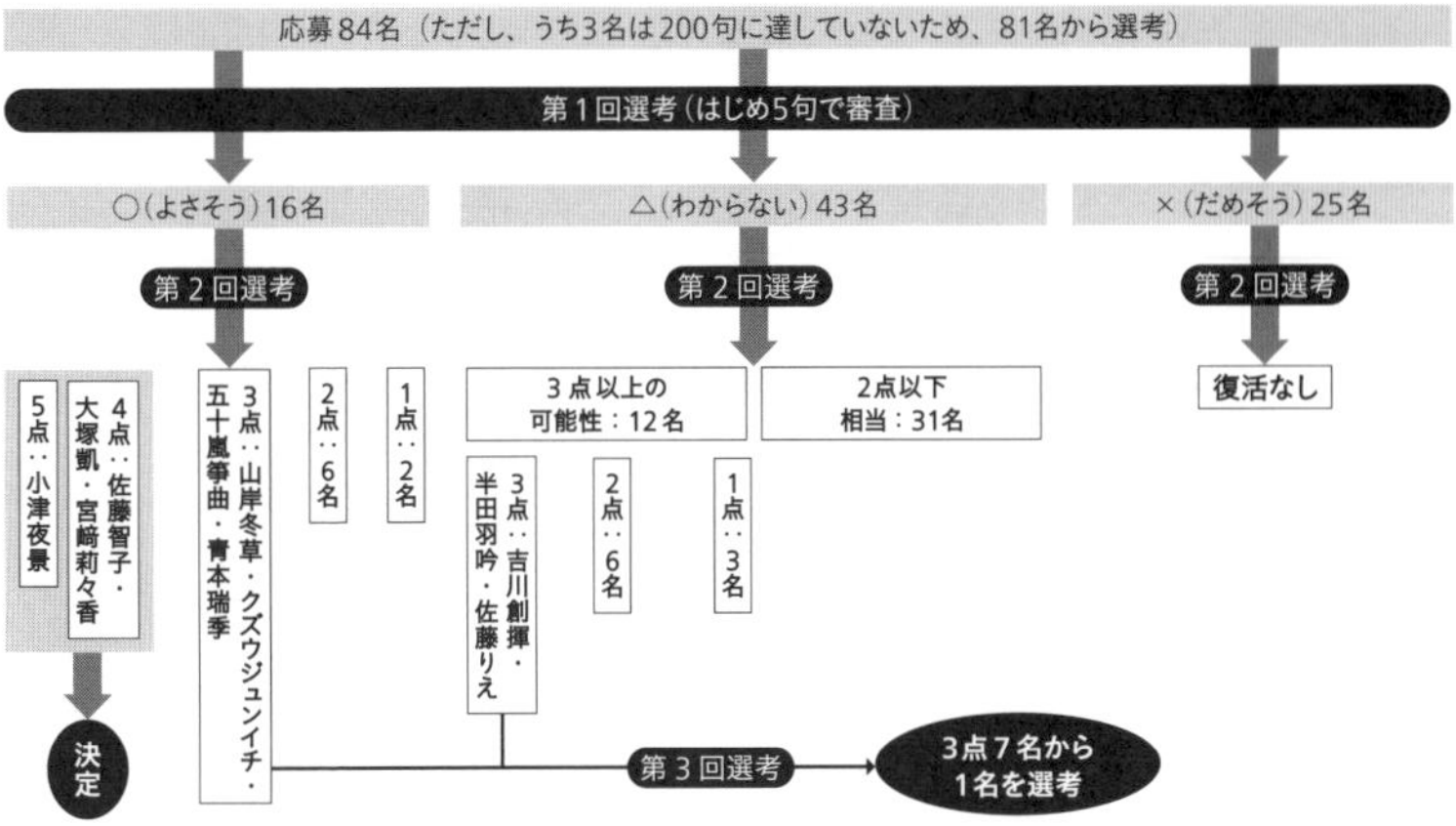

84名からの応募があった。うち3名は200句に達していなかったため、81名からの選考とした。

❶まず都市伝説（？）「応募作ははじめ5句で決まる」というのが本当かやってみようと、はじめ5句程度を見て、○△×をつけた。

○→よさそう、読んでみたい　16名

△→わからない　43名

×→だめそう　25名

❷「×」の人の作品をチェックをしたところ、残念ながら入集する可能性のある人はいなかった。

❸「○」の人の作品を見て、5段階評価した。

1点→いい句もあるが、もう一歩である

2点→平均値が高く、まずまずである

3点→新しさを見出すことができる

4点→決定打があり、入集の価値がある

5点→作家性が確立しており、必ず入れたい

5点

◎小津夜景

4点

◎佐藤智子

◎宮﨑莉々香

◎大塚凱

これを依頼した作家に照らすならば、Bグループは3点以上、Aグループは5点以上くらい。ということで、ここまでで上位4名の入集はほぼ決定した。

❹「△」の人のうち、3点以上の可能性があると思われる人を選出した。43名中12名が復活した。その作品を❸と同じレベルで5段階評価した。5点、4点は出なかった。よって「はじめ5句で決まる」というのは、だいたい当たっていることもわかった。

ここまでで、復活を含め3点が7名となったので、この7名からラスト1人を選ぶことに。

山岸冬草・クズウジュンイチ・五十嵐箏曲・青本瑞季・吉川創揮＊・半田羽吟＊・佐藤りえ＊　　（「＊」は「△」から復活した人）

❺7名について、200句から39句に絞る。「面白い句の多さ」「ダメな句の少なさ」「作家としての安定感」「俳句であることの必要性」の4項目で、1位2点、2位1点、最下位－1点として計算し、3点…山岸・クズウ、1点…青本・五十嵐・佐藤・半田、－1点…吉川となった。

❻最高点タイの2人を比較。

山岸冬草……あまり他の作品の影響を受けておらず小洒落ていてフレッシュ。型のバリエーションが少なく、作品を書き慣れていないだろうことが残念。

クズウジュンイチ……俳句への意欲が感じられこれからもたくさん書きそうな人。句歴は長くないだろう。直喩が多く、句会で票が集まるどまりの句もある。

❼山岸の方が光る句が多かったため、これからへの期待を込めて、山岸冬草を選んだ。

佐藤文香

*は現代仮名遣い

ヨットより出でゆく水を夜といふ
晩夏のキネマ氏名をありつたけ流し
嗚呼夏のやうな飛行機水澄めり
秋時雨ビルは向かひのネオンを映す
牡蠣噛めば窓なき部屋のごときかな
みつちりと合挽肉や春の海

『海藻標本』

海開その海にゐる人々よ
夏の蝶自画像の目はひらいてゐる
少女みな紺の水着を絞りけり
君の遣ふ言葉は薄し舟遊
水平てふ遠くのことや夏休
祭まで駆けて祭を駆けぬけて
林檎飴赤のまはりは灯を映す
密漁のごとくに濡れて冬の薔薇
青に触れ紫に触れ日記買ふ
雨いつか雪へとあやとりのはしご
夜を水のように君とは遊ぶ仲
知らない町の吹雪の中は知っている

『海藻標本』

『君に目があり見開かれ』＊

＊

星がある　見てきた景色とは別に

須磨浦へ出でよフライドポテトの香

手紙即愛の時代の燕かな

葉桜や丘に見えたところに来てゐる

紫陽花は萼でそれらは言葉なり

罌粟の花弁のかたちの色が目にこもる

半月や未来のやうにスニーカー

『君に目があり見開かれ』

＊

颪はもう冷たくない乾いてもいない

梅が枝にふれて睫毛は君が瞳の

鳥帰るとき粒々になつてゆく

歯ぶらしや雀の視野にわが暮し

たんぽぽを活けて一部屋だけの家

さしあたりぬくし押し倒されやすし

月は春かつての最寄駅に降りず

葉桜にいつの颪かがくる狂ふ

柚子の花君に目があり見開かれ

トンネルや窓にわたしが半袖で

土手のぼくらの背景にある煙

夕凪にすこしむかしの怪獣は

雰囲気や夕日の幅に塵の浮く

秋風に犬のなびいて地味な町

月を刺す銀杏から月までの距離

電球や柿むくときに声が出て

ひかりからくさりかいしてぼくのきず

溶けぬ砂糖に潰すミントの茎むらさき

ほほゑんでゐると千鳥は行つてしまふ

冬晴れて君宛の手紙はすべて君に

口元や雪は枯野へ細密に

ゆく鳥の目はさきをゆく秋の空

広場落葉音響班に君はゐて

テレビ見て帰る何かの実よく降る

冷えた手を載せれば摑む手であつた

ぬばたまの夜といふ夜ひとりぢや困るよ

遺影めく君の真顔や我を抱き

一輪や無回転なる冬の薔薇

冬雲やひらめきあつてよい景色

雪を来て踊る子どもはおほきな子

雪のまはす水車のまはす雪こぼる

雪晴やビールの飲める喫茶店

冬の竹輪に春の胡瓜を入れて切る

さうやつて淑気を泳ぐやうに来る

『君に目があり見開かれ』以降

春風や手鏡ごとの鼻の穴

歩く鳥世界にはよろこびがある
また美術館行かうまた蝶と蝶
みづうみの氷るすべてがそのからだ

『君に目があり見開かれ』以降

マルセイバターサンド常緑樹の林
滑走路海に途切れて海の肌理
くもり日の黄につぼみたる葉のはじめ
蛾の仲間天に仕草を見せ合へり

鰺もらひに立つ獺の毛の流れ
ひとこゑに葵の皺のなびきけり
葭切や傘の絵柄を巻き尽くし
蚊や水のグラスに布の柄ゆがむ
練乳の糸引く指の祭かな
ひと夏のゆくへの虹を撫で消しぬ
目薬や山国に秋ゆきわたる
一連の月の動きやかものはし
石蕗の花機械動けばその音の
宅配が来て廊下の絵絵の港
凩をひとつの部屋にまはすなり
肩こりや鴨が歩いて水を出る
手庇の手がよく見えて葱畑
雪降ればいいのに帰るまでに今

あとがき

　山田航さんによる現代短歌アンソロジー『桜前線開架宣言』を読んですぐ、こんなかっこいい俳句のアンソロジーもあればいいよな、と思いました。その願いはすぐに叶うことになりましたが、あろうことか、調べたり書いたりすることが苦手な私が、編者をやることになってしまいました。それをどうにか補うため、この本ではいろいろな工夫を凝らし、多くの方にご協力いただきました。

　ありがたいことに、私には相談に乗ってくれる友達がいました。それは、私の人生がうまくいかず、できることが俳句しかなくなっていたとき、励まし続けてくれた人たちでした。季語チェックをしてくれた五十嵐一真さん、作家の分布図を一緒に考えてくれた福田若之さんに加え、本全体の構成の相談に乗ってくださり、対談も引き受けてくださった上田信治さん、ことあるごとに相談に乗ってくれた堀下翔さんと太田ユリさん、校正を手伝ってくれた田中惣一郎さん。この人たちには、本をつくっている期間中、ずっと支えてもらいました。そのほか、電話や飲みの席で相談に乗ってくださった皆さん、公募に応募してくださった皆さん、そしてもちろん、収録作家の皆さん、本当にありがとうございました。そして左右社の皆さん、私のわがままをすべて受け入れていただき、大変感謝しております。皆さんのおかげで、みんなでつくった本になりました。

本書は、今の俳句の見渡し方の一例です。この作者はもっと読みたかったのに、とか、この人が入っていなくて残念だった、という、その人の句集は、そろそろ出るかもしれません。句集で読んでこそ俳句、と言っても過言ではありませんから、ぜひこれからも、書店の「詩歌コーナー」に足を運んでみてください。

最後に、全国の書店員さん、図書館の司書さんにお願いがあります。この本を、俳句の棚以外にも置いてみてくださいませんか。たとえば、サブカルのコーナーや、エッセイのコーナー、音楽の棚でもいいです、よろしければ『桜前線開架宣言』とセットで、紛れ込ませてみてください。私たちの俳句には新しい読者が必要です。新しい読者とともに、新しい俳句シーンを立ち上げたい。それが、私たち、新しい俳句作家の願いです。

もう一度言います。俳句を、よろしくお願いします。

佐藤文香

天の川銀河発電所　収録作家分布図

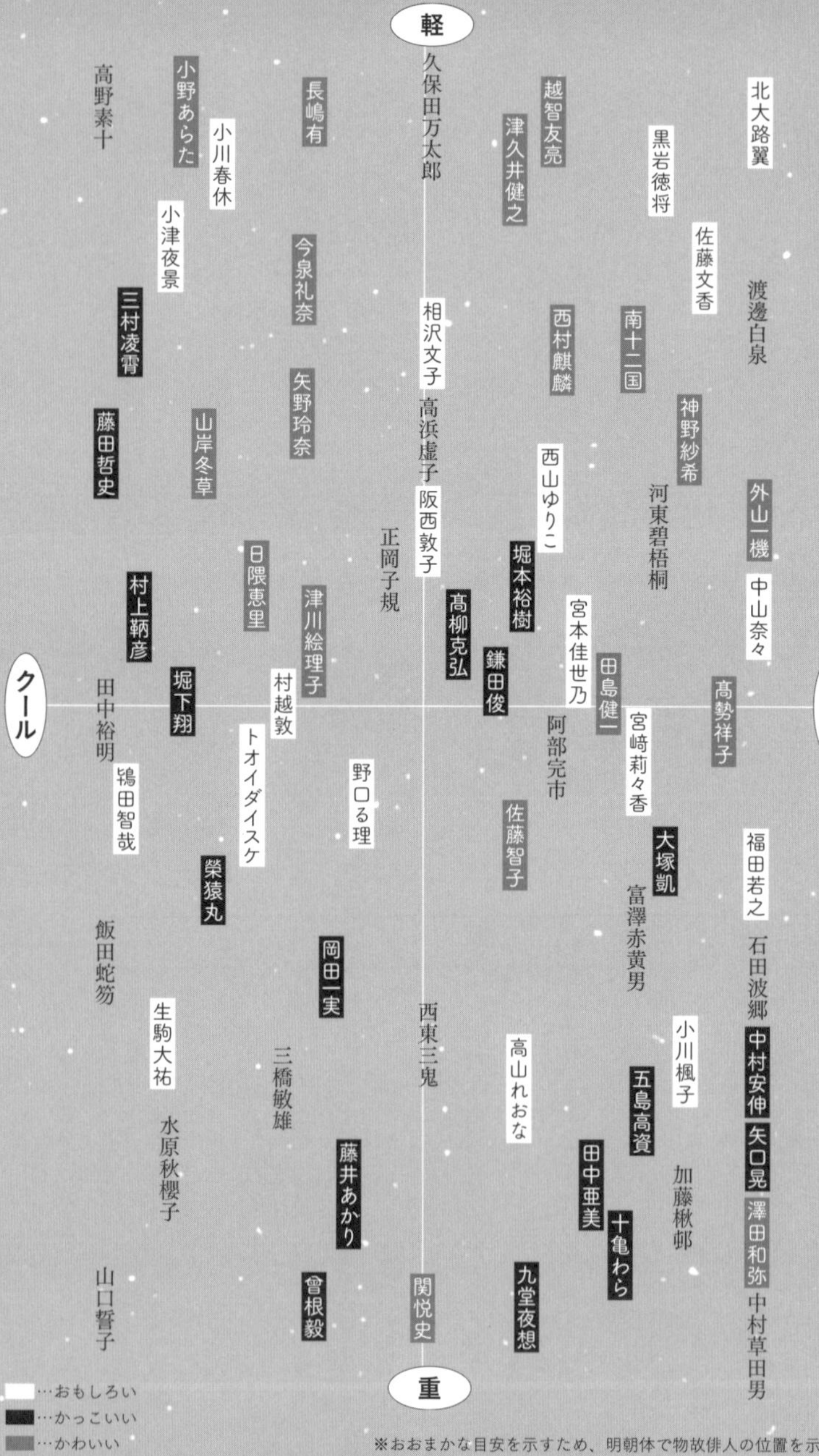

※おおまかな目安を示すため、明朝体で物故俳人の位置を示した。

佐藤文香　さとう・あやか

一九八五年、兵庫県生まれ。池田澄子に師事。第二回芝不器男俳句新人賞対馬康子奨励賞受賞。アキヤマ香「ぼくらの17-ON！」①〜④の俳句協力。句集『海藻標本』（宗左近俳句大賞受賞）、『君に目があり見開かれ』。詩集『新しい音楽をおしえて』。共著『新撰21』、編著『俳句を遊べ！』、『大人になるまでに読みたい15歳の短歌・俳句・川柳②生と夢』。

対談にご協力いただいた方々

上田信治（うえだ・しんじ）
一九六一年生まれ。「里」所属。「週刊俳句」編集人。共編著『超新撰21』、『俳コレ』ほか。俳句は一人で読んだり書いたりしていた。ふと、インターネットで俳句をやっている場所を探してみたら、そこに「族（トライブ）」というべき、独特の人間集団を発見し、現在にいたる。人生のコツは、自分の同類のいる場所にいくことなので、これは、なかなかの成功であった。二〇一七年、句集『リボン』を上梓予定。

小川軽舟（おがわ・けいしゅう）
一九六一年、千葉県生まれ。一九八六年「鷹」入会、藤田湘子に師事。二〇〇五年「鷹」主宰。毎日新聞俳壇選者。田中裕明賞選考委員。句集『近所』『手帖』『呼鈴』、著書『俳句は魅了する詩型』『現代俳句の海図』『藤田湘子の百句』『ここが知りたい！　俳句入門　上達のための18か条』ほか。サラリーマンとして関西単身赴任中の日々を綴った句集『俳句日記2014　掌をかざす』に続き、二〇一六年暮れに『俳句と暮らす』を刊行。

山田耕司（やまだ・こうじ）
一九六七年、群馬県生まれ。俳句同人誌「円錐」編集人。句集『大風呂敷』、共著『超新撰21』ほか。代々木上原のお好み焼きの店で、高屋窓秋に高校生の頃の作品を読んでもらった。どんなコメントをいただいたかはあまり覚えていない。あのときの豚玉とサイダーの味はそれから三十年を過ぎても思い出せるというのに。

天の川銀河発電所
Born after 1968 現代俳句ガイドブック

二〇一七年九月二十日　第一刷発行
二〇二五年五月三十一日　第四刷発行

編著者　佐藤文香
発行者　小柳学
発行所　左右社
〒一五一-〇〇五一
東京都渋谷区千駄ヶ谷三-五五-一二-B1
Tel. 〇三-五七八六-六〇三〇
Fax. 〇三-五七八六-六〇三二
https://www.sayusha.com

装幀　松田行正＋杉本聖士
印刷・製本　創栄図書印刷株式会社

ISBN978-4-86528-180-4

左右社　短歌・俳句の本

桜前線開架宣言

Born after 1970
現代短歌日本代表

若い才能が次々にデビューし、盛り上がっている現代短歌。穂村弘以降の全貌を描き出す待望のアンソロジー。歌人・山田航が40名を撰び、作品世界を徹底解説！

山田航 編著
定価：本体2200円＋税